半城山水

BANCHENG SHANSHUI
YICHENG YU

一程语

杨瑞 著

陕西新华出版传媒集团
陕西人民出版社

图书在版编目（CIP）数据

半城山水一程语 / 杨瑞著. —西安：陕西人民出版社，2019

ISBN 978-7-224-13262-5

Ⅰ. ①半… Ⅱ. ①杨… Ⅲ. ①散文集—中国—当代 Ⅳ. ①I267

中国版本图书馆CIP数据核字（2019）第113303号

出 品 人　宋亚萍
策划编辑　王亚嘉
责任编辑　彭　莘
整体设计　杨亚强

半城山水一程语

作　　者　杨　瑞
出版发行　陕西新华出版传媒集团　陕西人民出版社
　　　　　（西安北大街147号　邮编：710003）
印　　刷　中煤地西安地图制印有限公司
开　　本　787mm × 1092mm　1/16
印　　张　15.5
字　　数　200千字
版　　次　2019年7月第1版
印　　次　2019年7月第1次印刷
书　　号　ISBN 978-7-224-13262-5
定　　价　68.00元

序

行山宿水天地间

惟岗

初识杨瑞，是因她的《石峁王国之石破天惊》，一本详尽阐述石峁文明的文化散文集，她把对人类发展的追寻、对历史的迷恋、对石峁的炽热，用一颗蕙质的心做成精秀的船筏，孤独而坚决地畅游在渺远的历史长河中，深沉而不乏感性，孤绝而不落温和。一位女子对一段远古历史的钩沉，这对她来说是不是太过沉重了？她应该醉心于鸟语花香的婉转啾鸣，执着于自然风物的柔情蜜意，或者在繁花似锦的城市一隅，在清音弥漫的咖啡馆，手捧书卷，茗香缭绕，独享那纷扰之外的闲逸与安适。可她完全弃绝了这些。

深埋在历史深处的那些刀光剑影，那些久经尘封的往事，那些沧海桑田的移易迁变，在杨瑞这里仿佛带有魔力一样，这种对历史记忆、历史遗存迷恋的情愫始终贯穿在她的生活和工作之中。在石峁遗址，她工作了将近十个年头的远古石城中，总能看到她带领一队参观者，从时光斑驳的城墙边走过，如数家珍地给大家介绍着这一人类文明史上的伟大遗迹，将石峁先民超凡的文明生活画卷铺展开来，她如同传说中的石峁女王，站在城址墩台上居高临下，面对着苍山如海的高天厚土，向人们呈现着四千多年前人类生息的光芒，翻卷着深藏在她内心那些历史的浪花。

当我拿到这本《半城山水一程语》，一时惊愕不已。那么多地方，一个人默默把它们走完，近乎一段漫长的朝拜历程。她把目光投向了更宽阔的领域，二十几万字，将陕北区域众多古迹遗存尽收笔底，怀着一颗热忱的心，一路行山涉水、虔敬拜谒。在她独自与这些锦绣斑斓的历史象征筹对中，这些名胜古迹在她知性、温润、富有现代感的表达中展现出了新的魅力。仿佛那个背起行囊，戴上墨镜，与城市相背，与纷扰相忘而一路前行的是我们自己，这本书也是任何一个心怀游历之心，常念“说走就走”愿望的人的极好寄托。

如她所述，“我深深地热爱着这方生我养我的黄土地。虽然她不够肥沃，甚至是贫瘠，但丝毫不影响在我心目中母亲般的分量，我的根和我的魂都在这里”。不恋红尘恋故土，她不断叩启着那些景观，那些内心的灯塔，每走一处，在地图上郑重地做好标记。从东到西，从南到北，从可一览千山的柏全山，到可追溯华夏文明根源的疏属山，从路遥故居的深沉缅怀，再到闯王行宫被英雄折服。陕北的山川，陕北的河流，陕北荡气回肠的历史烟云，被她镌刻成文字，永久地定格在这本散文集中。在一次读书座谈会上，她讲起了关于她的阅读，从小就开始对历史沉迷的她，当别的女孩子留恋于白马王子和花裙子的时候，她却把有关历史的书籍当成宝，一本接一本啃读，那些历史中的人物、事件成了构成她生命的经纬，更重要的是那些已成传说的英雄，那些湮灭于历史长河中的情仇百转，早早根植在她幼小的心灵中。这些原始的信息像奔流在她生命中的源头活水，滋养着她，也指引着她。这本书让我看到，一颗向往永恒，追求人文的心开始往返于历史与未来之间，将遗落在陕北大地上的久远记忆重新缀串成耀眼的光环。

半城山水一程语，一路行走，一路记述。杨瑞所展现的不仅仅是对历史的追溯和敬畏，更重要的是一种生活方式。在我们还身居闹市，沉醉于灯红酒绿之时，杨瑞一次次行走，一次次探秘，一次次把自己全部的身心寄予山水天地之间，借用历史的原材料，依托对生命的热爱和感知，完成着自我的蜕变和革新。

在她办公桌上，放着一幅装帧简约的摄影作品，一棵孤零零的树，枝叶繁茂，矗立在高阔的山头，周围则被绵延无尽的群山环绕，让这棵树显得更加孤寂，却令人肃然起敬。远远望去，它宿命般矗立在那里，与整个山丘浑然一体。在奔涌的太极湾沿岸，它如同持久的信念，天和地精心孕育的长子，仿佛又是某个佑护之神的化身。无论是谁，都会向它投去敬畏的一瞥。在《未曾遇见的景致》中，她写道，“在我的心中，它更像是一个厌烦了尘世喧嚣、逃离到大山中修行的隐者，如今傲然挺立在山头，与天地融为一体”。我想，这棵树契合了她内心的孤独、坚韧的属性，作为某种担当或象征摆放在眼前，既是一种来自内心深处的共鸣，也作为一种坚强的勉励来告诫自己。她说，有机会定要再次专程去看看这棵树，去到近前，抚触一下沧桑的枝干，或者小憩一会儿，沉默不语，让这棵树的阴凉静静地包围着她。

行走在追逐自己的路上，穿梭在历史之中，她以深彻的人文情怀，真挚的语言把这些沉默的人类遗存用她自己的方式激活。与其说是杨瑞一次次不辞劳苦前往探访，不如说是塞北大漠在经历了漫长时间的磨砺之后，终于迎来了这样一位深情款款、心怀赤忱的红颜知己。

目录

半城山水
一程语……

置身于大山之巅的我深感自己的渺小，心中顿时充满虔诚与敬畏。眼前起伏的山峁，还遗传着苍茫的野性，这里似乎是天人交流的通道，那一刻我突然明白了“圣地”的含义。

千山一览留隙语

就在几日前，当我展开近几年的行走地图时，在密密麻麻的标注中发现了一小块空白，那里（子洲）一点未标。看着地图上的那一片空白，我陷入深思，这几年来，不知道有多少次我从清晨走到日暮，从城市走入旷野，从阳光明媚走到风雨交加。这一次又一次的行走，不就是想用自己踏实的脚步探寻家乡的这片黄土地吗！可为什么唯独这里留下了空白？这让我想起子洲行一拖再拖的原因，仅仅可能是因为一次闲聊，朋友说，子洲是一个很年轻的县城，他在那里生活了十几年，并未发现有美景也无深厚的历史底蕴。不知为何，他的话语在我的大脑中留下深刻印记，或许，这就是我们经常遇到的所谓刻板印象，就像有人说某某地方一点都不好，你虽未曾到达却也失去了兴致。但风景是靠视觉这种感官体验到的，无关乎别人的语言评判，只有用你自己的脚步去探寻，才能够领略其风姿。所谓风光无限更是身体力行后从心底漫溢到眼眶的图景。

当我来到子洲县城，才发现这是一座被大山围得严严实实的小城，山山峁峁上的植被郁郁葱葱，街道上还残留着一个月前洪水肆虐留下的泥沙，当车子疾驰而过时会扬起一片黄尘。说实话，眼前的一切在黄土高原随处可见，我真担心像朋友说的那样。不过，因为从未到过，所以我那种本能的好奇心占据了上风，依然游兴勃勃。

我找了当地文化系统的朋友给我们当向导，他用一整天的时间带我们游四大名山。当他向我们简单介绍完四大名山之后，我便将此行当作了一次户外踏青来对待。车子驶出子洲城，道路两侧的风景并无特别，两山之间夹着庄稼地、河道、公路，这是陕北随处可见的风光。不过，于我而言，旷野好过于城市，室外好过于室内，农田好过于广场，热爱大自然的我望着窗外的一切还是很愉悦。

当车子行驶在盘山公路上，窗外的景色随着车子的移动呈现出别样的景致，时不时地还会让你眼前一亮。就如刚刚拐弯处生长在悬崖边上那几株艳丽的山花，我总觉得奇怪，为什么那些好看的花儿总是生长在让人够不着的地方，是血液里的孤傲还是天生的自我保护意识，抑或那种美只有那陡峭的悬崖才能够孕育？

索尔·汉森在《种子的胜利》一书中描述了一个观点，植物种子在进化过程中会不断加强自己的防御能力，或许种子对于环境的选择也是一种进化。不知从何时开始，我就死死地盯着窗外，生怕在我低头的那一瞬间错过了什么。说来也奇怪，自从车子行驶在盘山路上，我的内心就有了一种期待，自己也说不清楚到底在期待什么，那是一种如同爬山时期待登上峰顶的感觉，但又不完全相同。

慢慢地，视线变得开阔起来，景色愈发醉人，待车子停在一处空地，我第一个跳下车子。就在那一瞬间，我看到了有生以来最为壮观的黄土高原景象，第一次觉得这片黄土地美得令我的心颤抖。那浑圆的山峁在云端一座接着一座，每座山峁圆润得好似经过细致的打磨，当我环顾四周时能感觉到天空的圆润，我想，或许古人天圆地方的观念就源于站在某个制高点环视四周而体会到的吧。这几年来我几乎把黄土高原走了个遍，可从未遇见如此让人震撼的景致。祖国的大好山河我也走过不少，我登上过泰山，也爬过华山，去过黄山，也到过嵩山，我仰望过雾中的玉龙雪山，也欣赏过张家界的奇峰……这些景致美得都曾令我动容，可眼前的一切，给予我的是前所未有的一种体验，那是一种无法用语言表达的情感，此刻，因语言及不上思想的深度而让我沮丧。提及黄土高原，千沟万壑支离破碎几乎是所有人的感受，也包括我，而眼前的景象却颠覆了我以往的认识。或许是因为我对这片黄土

仙境西峰寺　常波 / 摄

地的深情，当我在自己的家乡发现堪比5A级的美景时，除了振奋，剩下的就全是骄傲了。或许会有人说我过于夸张，那是因为他没有身临其境。其实我们都知道，许多美景都在深山老林，由于交通欠发达，不是人人都能享受得到的。我们所熟知的那些景点大多也是被具有开拓精神的户外爱好者发现之后，从无人问津到人来人往的。我一次又一次环顾四周，四面八方，不论你望向哪一边，目力所及都是无尽的一座接着一座的浑圆山峁。正值处暑，那一座座山峁依旧绿意盎然。朋友告诉我，四大名山最美是秋天，一座座山峁会变得色彩斑斓，尤其是当漫山遍野的杏叶红了时，用朋友的话说，美得都不敢相信这是自己的家乡。说实话，我没有见过漫山遍野杏叶红了的样子，可我见过如火如血的枫叶，有

五龙雄狮　刘伟 / 摄

一种花开荼蘼的极致，令人感动也使人悲伤。我和朋友约定，待到秋日杏叶红遍山野，再来拜访。

我们现在所在的这座山叫柏全山，是四大名山之一，据传此山曾有四株枝繁叶茂的大柏树，树干粗一丈有余，直径达三尺，每株柏树须两个成年人张开双臂才能合围，故名柏全山。刚刚眼中那撼我心弦的梁峁山巅，让我忽视了柏全山顶的古建筑群，类似于这样的建筑在陕北比较普遍，均为宗教场所，始建年代多数无法考证。眼前就有一古庙，俗称“三皇庙”，庙内有乾隆年间碑刻，但也属于重修纪事，并未记载该庙建于何时，正如碑文所言“创修年远不可考”。朋友分别给我指了其余三座山的位置，在这千山万壑间，四座山四个制高点，远远望去，每座山上都有建筑群，四座山环绕起来正好组成一个圆。

经常行走于旷野中的我，每每在荒无人烟之地，或大山之巅，或河谷尽头，看到一些房屋，或民宅或古刹，总让我有无尽的遐思。能够远离尘嚣与自然融为一体的人，自是能够通晓自然与生命的哲人，我相信他们一定是受到大自然的启示，才将这些房屋与自然融合得恰到好处。我也绝对相信他们拥有科学的宇宙观，他们愿以山川河流为伴，愿以旷野为家，他们应该比任何人都懂得这个世界从来就不是以人为中心而存在的。不论是我们土生土长的道家，还是西来的佛教，他们修炼的场所都是一些偏僻所在，所以人们常说清修，或许只有在这样的环境里才能驱除一切杂念，而悟道悟的正是自然之道。仔细想想，旷野给予人的岂止是清新的空气和清幽的环境，它包含了所有生命的秘密，大自然中万物的存在也自有其规律，这规律应该就是古人口中的“天道”吧。

这里除了漫山遍野的苍松翠柏杏林，还有一种奇特的树，既像灌木又似乔木，因为前所未见，我出于好奇向朋友请教，他给我的回答是“神树”。老乡们并不知道这到底是什么树种，当地林业部门请了专家前来，结果还是未找到学科名称，所以被乡民们敬称为“神树”。朋友说此树“春如翠柳，夏若蔽伞，秋挂槐荚，冬犹椒枝”，看来这位朋友肯定是用心观察了一番，才有如此精妙的总结。我想，这或许是一种幸存至今的古老树种，扎根于这旱山之巅延续着古老的血脉。

我们继续前行，山路弯多路窄，加之前段时间的强降雨，路况不甚理想，但一路上却是风光无限。途经名为王阳坬的村庄，我们做了短暂的停留，原来这里是《爸爸去哪儿 3》的拍摄地。听闻该栏目收视率很高，他们拍摄过的地方也都成了游人慕名而至的景点，可这里为何却不见一人？我刚要张嘴，朋友似乎看出了我的疑惑，他说栏目刚刚播出时还有一些人慕名而来，时间久了就没人来了。这里山高路远，交通不发达，尤其是近来的强降雨，子洲大面积受灾，这里除了一条狭窄的水泥路基本无基础设施可言，更加没有供游人吃住的地方。的确，我们一路走来，基本没有看到路标，甚至在导航中都没有关于这里的路径。今日陪同我们的友人则因工作需要曾多次前来，所以对路况较为熟悉。如果让我一个人再次来到这里，无人指引，我定会迷失在这大山之中。

有景可观的旅途总能让人忘记时间，沉醉其中，回过神来我们已到达第二个景点——露普山。眼前一座高耸入云、巍峨壮观的佛塔吸引了我的目光，佛塔前一尊洁白如雪的巨大观音雕像，在阳光的照耀下散发着一种耀眼的白。我们拾级而上，越是走近，观音越是高大，佛塔越是巍峨，我们只能以仰望的姿态去欣赏。朋友说此佛塔名曰灵应塔，高达 56.8 米，是我国西北第一的砖砌佛塔。佛塔本身古朴雄伟的气势已经实实地夺取了人们的眼球，加之建在大山之巅，呈现出一种脱俗而宏伟的气质，让人感到惊艳。

舞动露普山　艾晓君 / 摄

距佛塔不远处，一棵茂密繁盛的杜梨树上绑满了红色祈福带，原来人们把这棵树当成了爱情树。据说情侣携手一起许愿，就能迈入婚姻的殿堂，直至白头偕老。这让我想起《平凡的世界》中少平和晓霞的杜梨树之约——那个美丽又悲伤的约定。我很疑惑为什么一棵普通的杜梨树会变成爱情树，此时正好有一位放羊的

西峰仙境　姚文利 / 摄

大爷经过，我便向他请教。大爷说在他很小的时候，村里就有这样的流传，至于为什么他也不知道。大爷的话提醒了我，我下到树窝里，看到一块标牌，方知此株杜梨树已有 400 年的历史，400 年前我们国家还处于明朝，相比人的寿命，这棵树的确象征了永恒，或许，朴实的山里人希望他们的爱情像这棵树一样长长

久久吧。其实，在我的印象中，杜梨树是孤独的，因为我所见到的杜梨树总是独自生长在山头沟畔，在这里却成为爱情永恒的象征。看着密密麻麻的杜梨挂满枝头，我摘了一颗，它的个头很小，像黄豆粒一般，我轻轻一咬，极度的酸涩，条件反射般吐了出来，残留在舌尖上的汁液，绝对野蛮又狂暴地摧残着我的味蕾。杜梨奇特的味道，只要品尝一次就会终生难忘，就像是人生中遇见一个特别的人，你会记得一辈子。仔细想想，爱情不也是这样吗，遇见了就是一生，不论结局如何。

告别露普山，我们继续前往下一座山峰，途中的风景依旧令我沉醉。望着漫山遍野的植被，我感慨良多，在人们的印象里，陕北是一个风沙肆虐的地方，尤其是春日里的沙尘暴。其实，近十年来这里的沙尘天气已基本绝迹。反倒是在雾霾席卷大半个中

金鸡山晚霞　蒋治勤 / 摄

国之际，陕北一年四季蓝天白云，在一些农村，乡亲们甚至不知道雾霾是什么。当然，这要得益于20世纪八九十年代的植树造林活动，尤其是1999年陕西作为退耕还林试点，率先开展工作，十几年过去了，成效显著。这漫山遍野的绿色，此刻竟然让我如此感动。

不知不觉中我们就到达了娘娘庙山，据说这座山原名芦草坛，后来因为山上建了娘娘庙，当地老百姓索性将其唤作娘娘庙山。关于娘娘庙还有一个美丽的传说：古时，有三名貌美的女子途经此山，看到山势巍峨陡峭，紫气缭绕，霞光万丈，于是长跪于此，直到羽化成仙。善良的当地百姓将她们的肉身埋葬，并建庙供奉。直到今天这里依旧香火不断，在每年的农历四月初七至初九周边村子里的人会自发聚集于此，也就是人们俗称的庙会。

我站在新建的廊道里远眺，山峦美得令人惊心动魄，一如初见。也能远远地望见柏全山和露普山，只是那高大巍峨的灵应塔淹没于群山之中，虽可见，却再也感觉不到它的高大，倒像是露普山上一件微小的装饰品。

行驶在苍山翠柏间的蜿蜒小路上，我总是期待在下一个转弯或梁峁山巅能看到别样的景致。当然，这样的期待从未令我失望，在这里可谓步移景异，惊喜始终伴随着车子的移动而出现，如影随形。在这样奇妙的体验中，我们很快就来到了目连山。朋友说在四大名山之中，这里的观景效果最好，景色也最美。听朋友这

醉美西峰　艾军成 / 摄

一说，我的游兴更加盎然。目连山得名于山上的目连寺，目连寺的建筑主要在山顶，依次为山门楼、前殿、中殿和正殿。寺内所有建筑均围绕一条中轴线铺陈，左右两翼对称，是典型的明清建筑风格。

其实刚看到“目连”两字时，我的脑海中便浮现出《佛说盂兰盆经》里目连救母的故事，这个故事在民间广为流传，曾经是无数图画及戏曲的题材。故事讲了青提夫人家中虽富，但她吝啬贪婪，而其子目连不仅有道且孝顺。青提夫人趁目连外出之际，天天宰杀牲畜，大肆烹嚼，更是从不修善，死后被打入地府，受尽酷刑的惩处。目连为了救母而出家修行，得了神通，在地狱中见到受苦的母亲，心痛难忍，但母亲因生前的罪孽终不能走出饿鬼道。目连无计可施，于是祈求佛陀，佛陀教目连于农历七月十五建盂兰盆会，借十方僧众之力让母亲吃饱。目连依佛嘱，于是就有了七月十五设盂兰供养十方僧众以超度亡人的佛教典故。目连母亲得以吃饱转入人世，生变为狗，目连又诵经七天七夜，使得母亲脱离狗身，进入天堂。这与我们中华民族传统的劝人向善、劝子行孝的价值观相吻合，所以目连救母的故事大约从西晋口口相传一直流传至今。

此时，我已站在了目连山的制高点，一眼望去，湛蓝的天空携着洁白的云朵俯视着一望无际、连绵起伏的山峁，空气中仿佛还弥漫着悠然自在的气息。那种开阔的感觉似乎能叫人放下一切，远离城市的喧嚣，远离世俗的浮华，心灵宛若受到洗礼，完全活在当下。置身于大山之巅的我深感自己的渺小，心中顿时充满虔诚与敬畏。眼前起伏的山峁，还遗传着苍茫的野性，这里似乎是天人交流的通道，那一刻我突然明白了“圣地”的含义。

这时，山中突然传来悠扬而高亢的信天游……

那一道道绵延数万里的边墙，只是兄弟间短暂的嫌隙，它从未将中华儿女真正地阻隔，从春秋战国时期的互防长城到秦汉明的边塞长城，最终都以民族的团结与融合而终结。

万里长城第一台

去过镇北台几次，都是为了陪同远道而来的朋友，像今天这样独自来到镇北台还是第一次。按理说，谷雨过后意味着寒潮天气的结束，因着下雨，今日的寒意不减冬日，此刻，景区内的游人寥寥可数。以往的几次都赶上了节假日，游人甚多，异常嘈杂，没能静心感受。今天，独自一人，在这雨贵如油的季节里，肆意地览赏镇北台的风光。

出了检票口，走不了几步远，巍峨的镇北台就矗立在眼前。它虽然历经四百多年的风风雨雨，早已没有了当年的杀伐之气，可雄宏古朴庄严大气之势，却实实地夺人眼球，让人不由自主止步仰望。其实，在未进入景区之前，远远地就能看到镇北台的雄姿，只是，你若没有走近它，就永远体会不到它雄壮逼人的气魄。

镇北台是明代长城遗址中体量最为宏大、气势最为磅礴的建筑物之一，与东面的山海关和西边的嘉峪关统称为中国长城的“三大奇观”。提及长城，人们首先想到的或许是八达岭、秦始皇，还有流传千古的民间传说孟姜女哭长城的故事。“长城”一词始于春秋战国时期，《史记集解索隐正义·楚世家》引《齐记》云：“齐宣王乘山岭之上，筑长城，东至海，西至济州，千余里，以备楚。”其实，长城的修筑历史可追溯到西周时期，“烽火戏诸侯”的故事尽人皆知。当时，周王朝为了防御北方游牧民族猃狁的袭击，曾筑连续排列的城堡“列城”作为防御工事。到了春秋战国时期，列国争霸，为了相互防守，根据需要都在自己的边境上修筑所谓“诸侯互防长城”用以自卫。其中，秦、赵、燕三国与北方强大的匈奴族毗邻，于是，他们又在北方修筑了“拒胡长城”，

镇北台

为了区别于后世秦始皇修筑的长城，史家将其称为“先秦长城”。秦始皇兼并六国，统一天下，为了防御匈奴侵扰，修筑了西起临洮，东至辽东，绵延一万余里的长城。秦始皇之后，才有了“万里长城”一说。也是自秦始皇之后，凡是统治过中原地区的朝代，不论民族，几乎都不同规模地修筑过长城。其中，秦、汉、明所修筑的长城都超过了一万里。而我们今天所看到的长城多指明长城，明长城也叫作边墙，东起鸭绿江畔辽宁虎山，西至甘肃嘉峪关，蜿蜒六千余公里，镇北台就属于明长城的附属设施。

望着眼前巍峨挺拔的镇北台，我呆立于凄风冷雨中，回顾起自己脑海中那点浅薄的关于长城的历史：周幽王烽火戏诸侯，只为博得褒姒一笑；孟姜女哭长城，只为心属的情郎；蒙恬筑长城，只为保国安民……春雨虽贵如油，可北方的春雨夹杂着春风，却是沁入骨髓的寒冷。阴沉的天气没有放晴的迹象，虽然是在上午，但感觉却似在黄昏。于是，我加快了前进的步伐，很快进入了款贡城。

当我看到“款贡”二字时，不禁想到史书中关于明代蒙汉互市贸易的发展演变，从最初上层之间的“进贡”与“回赐”到民间的广泛贸易，从奢侈品到生活必需品，互市贸易的发展促进了民族的团结与融合，避免了兵戎相见，有利于经济发展与社会安定。而镇北台便是“和平互市”的产物。明万历三十四年（公元1606年），江西人涂宗浚奉旨前往榆林任巡抚都御史，刚到任连打三仗，且三战三捷，迫使漠南蒙古部族臣服。之后，涂宗浚驻守榆林，保边安民，修筑镇北台，监控蒙汉互市贸易。镇北台虽然始建于军事目的，但它更是开创边关和平环境的历史见证。

此刻，我已经站在了镇北台的第一层，这也是镇北台的基座部分。隐约想起之前来镇北台的情景，记得讲解员介绍，这里本是守城将士驻扎休息、练兵习武的地方，是镇北台一个重要功能区，起初在西北面有砖木结构的营房，可终究没能熬得过漫长的岁月，在风雨的侵蚀中相继坍塌。作为镇北台的一部分，当初营房坍塌下来的那些砖木早已了无踪影，抬头仰望，镇北台的主体却依然坚固巍峨地挺立着，如若不知道这段历史，我便无法相信它已历经 400 多年的风雨。我沿着墙体走了一圈，不时地会抚摸一下这斑驳而厚重的城墙，想象着劳动人民修建时的辛劳。根据碑文与《延绥镇志》的记载得知，镇北台的修建从万历三十五年（公元 1607 年）四月开始至次年七月完工，历经十七个月之久。号称“塞上”的榆林，寒冷时可达零下 20 多摄氏度，酷暑时可达 40 摄氏度，加之地处毛乌素沙漠边缘，一年四季的大风也能将人吹得脱几层皮。我仿佛看到了在修建过程中，劳动人民所经历的寒霜酷暑，好在它见证了蒙汉友好的岁月。

以前出行总喜欢有人陪着，现在发现，其实一个人更惬意，想走就走，想停便停，不用顾忌太多，真可谓肆意而尽情。像在今天这样寒冷的天气里，若有人同行，一定会早早结束行程。说不清楚为什么，我特别喜欢下雨天，即使是风雨交加，即使是深秋寒冷的雨滴，都让我陶醉。我曾试着分析过我喜欢下雨天的原因，或许是我本身性格的多愁善感，又或许从小生长于游牧与农耕交错区域的半干旱地带，骨子里有一种对雨水的期盼。

说到游牧与农耕的交错，榆林就属于这样的特殊区位，长城是边塞文化的产物，所以，榆林的长城文化极为丰富。我曾一度着迷于长城文化，详细研读了关于长城的历史，更是徒步穿越了明长城中神木至榆林的一段。如果你对历史地理、对长城有兴趣的话，那一定要来榆林看看。长城这条神奇的地理线，曾四次穿过榆林，分别是先秦的魏长城、秦长城、隋长城和明长城。尤其是榆林境内的明长城，一些堡寨及部分长城至今仍保存完好。地处边塞的榆林，文化多元，牛鞭与马蹄，战争与融合，曾上演过一幕幕历史大戏。其实，细思便可知那一道道绵延数万里的边墙，只是兄弟间短暂的嫌隙，它从未将中华儿女真正地阻隔，从春秋战国时期的互防长城到秦汉明的边塞长城，最终都以民族的团结与融合而终结。在国际上曾有一种声音，所谓“中国威胁论”，事实上那是因为他们不了解中国，不了解这个古老的民族。纵观我们的长城修筑史，实实地反映了我中华民族的集体心理，长城的修筑所体现的本质是一种不具侵略性的防守心理。当然，中华民族不具侵略的本性并不代表任人宰割，如若有人侵犯，也决不会忍气吞声。

在不着边际的思绪中，不知不觉已登上了台顶。由于天气的原因，视野不如平日那般开阔，正是在这种凄风冷雨中才更能体会镇北台的沧桑与威严。向南而望，榆林城隐匿在雨雾中，隐约可见高楼耸立，西面是润泽良田的榆溪河，整个周边昔日裸露的沙丘已被草木覆盖。此刻，台顶只有我一个人，虽然寒冷，但依旧舍不得离去，我喜欢极了这样的感觉。看着台下的款贡城，只要将眼睛闭上三秒，昔日蒙汉互市的情形如同电影般呈现于眼前，甚至会让人产生错觉，误以为自己就是那守城的将士，正在俯视着互市的人们。

可能是站得太久，加之风雨渐大，切肤体会到高处不胜寒。本想珍惜这种不可多得“包场”游览的机会，想下去在款贡城走走，寻找曾听到过的关于中药“款冬花”神奇疗效的故事。无奈，风雨过大，决定就此返回。

红石峡给我的感受就如同沙漠中的旅人看到绿洲时的情形，除了视觉上的惊艳与心灵上的赞叹之外，更多的是源自人类基因中对生命的敬畏。

漫游红石峡

从镇北台出来，穿过 210 国道，途经老爷庙，拐入一条不算很宽阔的道路，行驶不足五分钟，就到了拥有“塞上碑林”美誉的红石峡。

眼前这座通往景区的门楼，既没有巍峨之姿，也没有雄浑之势，却给人以俊秀、简洁的美感。门洞上方镌刻有“红石峡”三个字，再仔细一看落款不得了，这竟然是出自当时已 89 岁高龄的王森然大师的墨宝。

穿过这个简洁的门洞，可谓别有洞天。呈现眼前的是一个峡谷，峡谷内亭台楼榭，叠石悬崖，洞壑清泉，榆溪河穿谷而过，将峡谷一分为二，东西两侧满壁摩崖题刻。说不尽的美好景致，瞬间使人心旷神怡，真可谓风光旖旎。我终于明白，为什么历来

红石峡

有那么多文人墨客、英雄将士频频流连于此，留下众多墨宝，让红石峡有了“塞上碑林”的美誉。其实，在我国的大好河山之内，不乏自然风光无限美的地方，比起那些 5A 级自然景区，红石峡的确难以企及。但是，红石峡地处毛乌素沙漠，谷内的榆溪河源自沙漠，流经沙漠。只要我们闭上眼睛想一想，在茫茫沙海中，有一条河流蜿蜒其中，那该是一种怎样难能可贵且动人心弦的景致！红石峡给我的感受就如同沙漠中的旅人看到绿洲时的情形，除了视觉上的惊艳与心灵上的赞叹之外，更多的是源自人类基因中对生命的敬畏，榆溪河便是死亡之地的生命之源。

沿着石头铺陈的小径，我走得很慢很慢，仰头欣赏着崖壁上的题刻，感受着古人的智慧与情怀。据清代金石学巨著《金石索》云，“就其山而凿之，曰摩崖”，可见，摩崖石刻是指人们在天然石壁上摩刻的所有内容，有岩画、书法、造像等。它古老得可追溯到四五万年前的旧石器时代，也就是前面所提到的岩画，岩画是人类社会早期的一种记事方式，被誉为人类最早的“文献”。

摩崖题刻

眼前所见，皆为摩崖文字题刻，崖壁之上几无缝隙，行走其中，犹如步入天然书法长廊。我兴致盎然地欣赏着每一处题刻，仔细辨认其中的内容。有些历经风侵雨蚀，已不完整，有些则保存完好，

一眼可辨。走着走着，突然发现一处别样的题刻，前面所看到的，不管是阴刻或阳刻，皆为楷书，眼前这幅却是篆书题写。该处题刻保存相对还算完好，清晰可见“横云”二字，隐约觉得这样的字体似曾相识，同行的朋友见我望着“横云”发呆，急忙说：“我好像在一本介绍红石峡的书上见过，好像是一个叫吴大什么的人题写的。”他的提示，让我很快就想到了，是清代的吴大澂。几年前，为了查找关于古玉的资料，我看了他著述的《古玉图考》，顺便翻阅了《说文古籀补》，也了解了他的生平。他有很多头衔，如清代官员、学者、金石专家、书画家、民族英雄等。在书画方面，他善画山水、花卉，尤其精于篆书。他的篆书极有特色，将小篆与古籀文相结合，在当时算得上是一种书法创新。

红石峡亦称“雄石峡”

红石峡

我们继续向前行走，前行的路已拐入石窟之内。看来，除了摩崖石刻，这里也开凿了许多石窟，部分石窟保留有造像，顶部还有壁画。陪我同行的朋友号称“榆林通”，他告诉我，据红石峡内大雄宝殿碑刻“创建石佛殿记”可知，红石峡开创于宋、元时期。峡内原有从明成化年间以来大小摩崖题刻 170 块，现存 118 块。他还告诉我这里有“晚清中兴四大名臣”之一左宗棠的题刻与蒙语题刻。听完他的话，我便开始留意。很快，就在一个石窟边发现了左宗棠的题刻，上书“榆溪胜地”，该题刻保存极为完好，字体为阴刻的楷书。

我们边走边看边聊，不知不觉已走到了一座渡桥前，此桥将榆溪河一分为二的峡谷连接起来，朋友告诉我这叫普渡桥。站在桥上向南而望，榆溪河的水缓缓地流淌着，不知道它又滋养了多少生命。我突然想到，刚在石崖下面看到一条类似人工开凿的水渠，向朋友询问，得知那条水渠叫广泽渠，是明代成化年间延绥巡抚余子俊为改善百姓生活，安定驻边军心，亲自率领将士所修筑。这条渠的修筑难度很大，有部分渠段是在石壁中穿凿而过，至今还灌溉着榆林城郊一万多亩良田。我心里想“广泽渠”“普渡桥”这名字取得真好，有禅意且实在。看来，以前我对红石峡有所误解，总以为是在一湾风景独特的地方留下了一些文人墨客的墨宝而已。事实上它始于水利，灌溉良田，润泽一方，那些摩崖题刻只是锦上添花而已。

在我深深感慨的时候，朋友提醒我看他前面提到的蒙文题刻。我顺着他手指的方向，发现在一个石窟的上部有两块题刻，上面

红石峡

是蒙文，下面是汉文，上书“天成雄秀”，紧邻蒙文题刻的另一块，无论从内容还是字体流线，都令人感觉极好，上书“金汤吐秀”，为阳刻楷书，大气雄浑，遒劲有力。可是，我不知道其刻于何时，也不知道出自谁的手笔，实为遗憾。在前行的过程中，我突然想到在前面看到的“汉蒙一家”“万里长城”“威震九边”等题刻，虽然只是简单的几个字，但已经将红石峡所处地域环境做了高度凝练的介绍。这里曾是靠近国界的疆土，是王朝最偏远的地方，历经过狼烟四起的战火，也见证过蒙汉友好的互市。

朋友告诉我，他曾多次陪人游览红石峡，都没有像我这般慢慢悠悠的。我说为了纪念这次游览，回去写篇日记，就叫《漫游红石峡》。他听我说完，哈哈一笑，拍了拍我的肩膀：“还没完呢，继续漫游……”

此刻，正值盛夏的正午，天空蓝得耀眼，云朵白得通透，阳光直射大地。在阳光的照耀下，盐田波光粼粼，偶然的视角，折射出绚烂的光芒，像是颗颗宝石浮动于湖面。

花马池

朋友曾告诉我，定边最美的就是炎炎夏日里的盐湖花马池，水面晶莹如镜，池周绿草如茵、野花丛生。池畔坝田毗连，不论白天黑夜，池光水色，交相辉映，景色如画。人们都说定边有三宝——咸盐、皮毛、甜甘草。咸盐居首，说明了盐在定边人心目中的重要位置。今天，我来寻盐，就为了一览炎炎烈日下一畦一畦纵横交错的盐田。

车子驶出定边县城，行驶在 307 国道上，不一会儿的工夫，保存完好的明代长城便赫然立于眼前，我知道距离花马池已经不远了。之前我曾三次来到这里，但遗憾的是三次都在寒冷的季节里，没能欣赏到朋友口中的美景。每次途经这段长城，我都会驻足，那长城墙体上一个接一个的窑洞，总能吸引我的目光。1940 年 6

月，王震率领三五九旅 2000 余名战士驻防盐场堡，他们在盐湖边的长城上挖出 175 孔窑洞，割草铺地为床，垒土筑灶为炊，与当地盐民群众一起修筑堤坝，打井灌水，改进打盐技术。有些人认为这些窑洞是破坏古遗址的行为，我不赞同这样的看法，在那个特殊的年代，活着更重要，换句话说，不论在何时，生命为重，生存第一。所有的历史都是当代史，所有的当代史也终将成为历史，而长城上的那些窑洞亦见证了一段艰苦而光荣的岁月。

307 国道像一把巨刃将长城一分为二，不再连续。我们沿着 307 国道穿越长城，很快便到达了花马池。眼前一畦一畦的盐田在阳光的照耀下分外明丽，盐田四周绿意如织，草丛之中偶有花朵点缀。我惊叹于这些植物的生命力，如此之地，竟可肆意生长。

盐田　尚志强 / 摄

同时我想到了曾读过的关于盐的史话，盐被用来行使军事用途，古代的亚述人和赫梯人在毁灭一座城市后，会在城市里撒盐，以诅咒这里的土地变得贫瘠，古罗马灭掉迦太基之后大肆撒盐，从此繁华的迦太基走向没落。人们明白含盐量大的土地不利于植物生长，而这一毁灭性的习俗却在后来中世纪的战争中被发扬光大。

仔细想想，人有时候像极了这些植物，任凭环境多么恶劣，

都能顽强地生存，甚至，可以将不可能变成可能，这是一种多么令人钦佩的精神！然而，并不是所有亲临此地的人都能体验到这种美妙绝伦的感受，像陪我同行的友人，他说有些人天生迟钝且不细腻，就像是他自己，只看到了明亮的盐田而已。我倒是觉得他有一点妄自菲薄，人贵在自知，而他的心比这盐田还要透亮。

　　我们走在盐田之间的田埂上，近距离地欣赏着这一面面如

盐堆　尚志强 / 摄

镜的盐田。此刻，正值盛夏的正午，天空蓝得耀眼，云朵白得通透，阳光直射大地。在阳光的照耀下，盐田波光粼粼，偶然的视角，折射出绚烂的光芒，像是颗颗宝石浮动于湖面。这里海拔1300 多米，地势开阔，吹来的风不仅凉爽还夹杂着淡淡的咸味，与照在身上那炽热的阳光达成一种平衡，让人不觉得炎热。这正是打盐的季节，远处雪白的盐堆，像是一座座小山丘紧紧相连。我们朝着盐堆的方向继续行走在田埂上，望着茫茫盐田，我在想人类食盐的历史开始于何时？他们又是如何发现氯化钠这奇妙的咸味？关于盐的历史读过不少，可惜并没有找到答案。一般的历史考证表明，在海边的猿人是最早开始有意识吃盐的。在罗马尼亚一个盐泉旁边的考古遗迹里，发现了一个非常古老的制盐场。证据表明，早在公元前 6050 年，新石器时代的人们就已经用一种叫 briquetage 的陶器盛盐泉水制盐了。20 世纪 50 年代在福建出土的文物中，发现煮盐的器具，证明仰韶文化时期（公元前 5000 年—公元前 3000 年）古人已学会煎煮海盐。传说黄帝时有个叫夙沙的诸侯，以海水煮卤，煎成盐，被后世奉为“盐尊”。

不知不觉，我们已来到小山似的盐堆前，工人们正在作业，我猜应该是让盐变干净的一道程序。走近了才发现盐堆的高度要比我们在远处看见的高出许多。有些盐堆洁白如雪，而有些白里透着点灰，像是蒙了一层尘。除却那一座座如山似的盐堆，脚下踩着的也全是盐，如果不是炎炎三伏天，真有冬日站在雪地里的感觉。我总以为那些盐堆像沙子一样松松软软的，一抓一把，可事实上却像是石头一样硬邦邦地粘在一起。我抠下一小粒，放到嘴巴里，咸咸的，就是这个味道成就了世间所有的美味。这是一种让人类痴迷的味道，那种咸咸的感觉，能刺激人的味觉，增加口腔唾液分泌，增进食欲和提高消化率。在发明人工制冷以前，人们在数千年里用盐当作防腐剂，延缓食物的腐败时间，有了用盐腌制的食物，先民就可以安然度过寒冷而漫长的冬季，也不用再担心跋山涉水的远征。如今，人工制冷技术空前，但在很多地区，依然留有在秋季腌制菜品或肉品的习惯，陕北就是这样一个地方。虽然现代人将腌制食品纳入不健康食品的行列，但是千百年来的习惯却难以更改，究其原因是人的味蕾对于腌制食品有着基因上的依恋。

盐不仅让人体会到人间美味，在人类文明的进程中，盐的使用亦有着巨大的促进作用。考古发现表明，在一些盐业遗迹里，当制盐技术出现以后，在这一区域里生活的人口得到快速增长。专家推测，这也许与他们提取盐的能力有直接关系。据统计，全世界很多国家的地名源于盐的拉丁语，每个盐沼附近都逐步建起了城市。据说“salvation”（拯救）这个词，也源自人类对盐的痴迷。

考古人员在公元前 3000 年左右的古埃及墓穴里发现盐。古埃及人用盐腌制鸟和鱼供奉逝者，作为陪葬品的一部分。再后来，他们向腓尼基人出口咸鱼，换取黎巴嫩雪松、玻璃等物品，而腓尼基人把从埃及购买的咸鱼和盐，转卖到整个地中海。在古罗马时期较长的一段时间里，士兵收盐作为军饷，而表现出色的士兵被称作“值了那笔盐”。“salary”（工资）一词源于拉丁文salarium，字面意思是发给士兵买盐的钱。

古时，在很多地方，食盐贸易决定了城市和权力的发展方向。盐路经过的城市、城邦，地方贵族纷纷向经过的盐商抽取重税。公元1158年，德国萨克森和巴伐利亚公爵狮子亨利与附近的主教争夺盐税权，亨利烧毁了主教控制的桥梁，自行修建了一座新桥，强迫盐路改变。这一行动促成一个新的城市，那就是慕尼黑的诞生。同样，在英国，受到柴郡大盐矿的影响，利物浦从一个小港口发展成重要的出口城市，19世纪，成为全世界大部分食盐的转口港。我国山西省的运城，一直是山西人口最密集的地方，世人称为“盐务专城”。因盐运而设城，中国仅此一处，素有“五千年文明看运城”一说，而运城从古至今的繁荣兴旺也与盐密不可分。

在现代，盐被誉为“化工之母”，是工、农、牧、渔业的重要原料。同时，盐是高税率物品，在国民经济中占有极其重要的地位，是历代政府财政收入的重要来源之一。在我国，盐专卖制度存在历史十分悠久，可以追溯到2600多年前的春秋战国时期。封建社会中那些具有理财意识的士大夫对此有一个形象的描述——“利出一孔”。

当我沉寂于盐的世界，满脑子都是关于盐的那些碎片知识，并努力想要捋捋清楚时，朋友打断了我这种强迫进行时。他突然问我此处为何叫“花马池”，这让我想起《定边县志》里的记载，以盐易马，故得此名。接着，我们聊起定边这个神奇的地方，这里是陕、甘、宁、内蒙古四省区的交界处，是黄土高原与鄂尔多斯荒漠草原的过渡地带。史载，古时的定边境内气候适宜，水草丰美，牛羊衔尾，是一块环境绝佳的畜牧地，又有盐湖“自然凝盐”，所以成为少数民族群居地，外界把这里所产的盐称为“戎盐”。定边产盐，历史悠久，从秦汉开始一直至今，是历朝历代戍边等军费开支的主要来源与支柱。毛主席曾这样评价，“盐池是边区的命脉，是中央第一财政”。这里古有“东接榆延，西通甘凉，南邻环庆，北枕沙漠，土广边长，三秦要塞”之说。盐要运输出去就需要马，盐与马便连接起了四通八达的盐道，于是，盐马古道就这样诞生了。定边因为产盐，而成为盐马古道的源头，为定边历史上的经济繁荣、市场活跃、商贾云集、夷夏交融起到无可比拟的重要作用。

和朋友聊着聊着我便走了神，眼前突然出现了林立的铺面，我看到吆喝的小贩、穿过集市的异乡人，透过熙攘的人群我甚至看到街角摆摊的算命先生，不远处的盐场边上排着长队的马匹等着驮盐，还有渐行渐远早已上路的盐队……

盐除了在历史进程中发挥重要作用，它更是个体生命存在的关键，细胞需要盐才能活动，细菌需要，我们需要，所有生物都需要。望着茫茫盐田，不知为何，突然想起《本草纲目》中那句“饭是气，盐是力”，而刚刚那粒盐的余味还留在齿间，那是一种根植于人类基因中的味道，有人类对它所有的迷恋。民以食为天，五味之中唯此不可缺。

那具有生命张力的红色根茎将粉白的花朵高高托起在阳光下，那一刻我猛然明白，这些漂亮的花儿开得肆意却不张扬，源于血液中那谦和自信的基因。

荞麦花开

这次出行算得上一次说走就走的旅行，昨晚在新闻里看到定边举办荞麦花节的消息，当即打电话约了友人，凌晨四点我们就开车出发了。当车子从包茂高速转入青银高速，平坦而开阔的绿地像一幅壮美的图画，徐徐展开在眼前，深幽的绿色绵延不断，一直延伸到我目力所及的地方。车子在飞速地行驶，道路两侧的田园一直后退，这是大陕北少有的平坦之地。每次行驶至此，我的心境也会随着这片开阔之地变得开朗起来。

每到夏秋之际，绿色一统天下的格局就开始慢慢改变，当然这样的改变不易被人察觉，尤其是生活在城市里的人们。可当你来到定边县郊就会发现，那一望无际的荞麦花海完全成为大地的主宰。我不知道这样的花海有多少，我只看到车子行驶的公路两侧一望无际，当我走入花海之中，才切身拥有了一眼望不到头的体验。总之，这一天我都畅游于花海之中。之前新闻报道说，百万亩花海竞相开放，现在看来这个“百万亩”的描述没有任何的夸张。

我曾领略过无边的薰衣草和油菜花海，也欣赏过满园的牡丹花和玫瑰花，仅仅是那娇艳的色泽，就给人以一种花开到荼蘼的绚烂与张扬。再看看眼前这一簇一簇粉白的荞麦花，虽然也一望无际，但总感觉淡淡的，越往远看颜色越淡。那种柔和的色彩，在阳光下有一种朴素的美，更有一种与自然融为一体的和谐感。甚至会让人产生一种怜惜，如此美丽的花儿，在天地之间已经开成一片，但却有一种大局意识的内敛，蓝天与花儿，没有谁比谁更艳。当你仔细观察它们时，会发现，其实它们也开得浓烈，开得奋不顾身，开得肆意，可它们始终还是淡淡的，似乎它们知道自己属于大自然的一分子，无须过于张扬。

当我走进花海，听到嗡嗡声一片，是蜜蜂在花丛里采蜜，我很担心被蜇伤，事实上是我想多了。勤劳的蜜蜂在花丛中飞舞，根本无暇顾及其他，它既没有蜇我的时间，也对没有蜜甜的我不感兴趣。我突然想起几日前和朋友吃饭时，她告诉我有人在背后说我坏话，而我并不认识此人。听完之后我没有任何反应，她很惊讶我的镇定。于是我告诉她，生活中总是有这样一类人，喜欢怀着恶意和揣测的语言去伤害别人，即使他们并不相识。我开玩笑地说，我倒是很羡慕人家如此有闲去谈论一个与自己毫不相干的人。可我就像这蜜蜂一样，要做的事情太多，可时间总是太少，我无暇与人计较，我懂得“闲谈莫论人非，静坐常思己过”这个道理。我很喜欢菲茨杰拉德在《了不起的盖茨比》中的一句话：“每当你想要批评什么人的时候，你要记住，并不是所有人都有你所拥有的优势。”这句话中所深含的教养非一般人能及，我自知平庸，还怎敢闲话他人。

这些看上去色彩淡淡的荞麦花，可只要你走近它就会发现，它下面的根茎是红色的，那是一种血液般的颜色，一种能让人感到沸腾与热情的颜色。那具有生命张力的红色根茎将粉白的花朵高高托起在阳光下，那一刻我猛然明白，这些漂亮的花儿开得肆意却不张扬，源于血液中那谦和自信的基因。有人曾说荞麦生于乡野，平凡而难登大雅之堂，这是多么浅薄的认识。其实它们所

荞麦花海　尚志强 / 摄

拥有的才是真正高贵的品质。我好想和这些花儿对话，希望自己能像它们一样智慧，通晓生命之道。

我望着这漫山遍野在秋风中摇曳的荞麦花，想起了众多古诗词对它的描述，记得最清楚的就是白居易的“独出前门望野田，月明荞麦花如雪”，还有苏轼的“但见古河东，荞麦花铺雪”。似乎在人们的印象中荞麦花只有白色，像雪一样，事实上荞麦花多姿多彩。今天我就看到了红色的荞麦花，红色应该是一种很艳丽的色彩，但红色的荞麦花依然给人一种淡淡的感觉，开得浓烈而内敛，像是那个漂亮而内秀的邻家女孩。

荞麦原产地在中国，栽培历史非常悠久。据说，最早的荞麦实物出土于陕西咸阳杨家湾四号汉墓，距今已有 2000 多年的历史。又听人说农民一般不喜欢种植荞麦，因为它产量低，且田间管理困难。以前都是遇到灾害性天气时，如谷子、高粱等一些作物枯死，为了不违农时，才种植荞麦。荞麦的膳食纤维非常丰富，其含量是一般精致大米的十倍，单独食用的话口感并不是很好。于是聪明能干的陕北人发明了众多吃法，尤其是荞麦凉粉和荞麦碗托是大众非常喜欢的食物。就在我们观赏荞麦花时，当地商家正在推广他们的产品，并且送给了我两个碗托，劲道的口感和秘制的酸辣汁完美地结合起来，甚是爽口，那味道真是好极了，至今都令我回味无穷。

所到之处，皆是荞麦花海。在一个叫油房庄的地方，聚集了很多的游人，那里不光有荞麦花，还有白色的土豆花，我第一次发现长相毫无美感的土豆，它竟可以美得那么冰清玉洁。庄上的风力发电机如同巨大的风车在荞麦花丛中高高耸立，画面美得如同电影镜头里的文艺片。村子里的老百姓在院中搭起彩色的帐篷，架起炉火，做着各种各样以荞麦为原材料的美食，一批批的游客从花田来到院中品尝美食，说着笑着……

我来看风景，也来看看风景的人，很多人都是结伴而行。在观景台，我注意到一个老太太，她好像并没有同伴，她赏花的神情给我留下了深刻的印象，那神情如同慈母欣慰地看着自己的孩子，我甚至觉得她的笑容都如同荞麦花一般，淡淡的，但却饱含深情。巧合的是我们在同一家店里吃饭，她始终都是一个人，我看到她穿着朴素，头发梳得一丝不苟，整个人看上去神采奕奕。不知道为什么，我很有想亲近她的冲动，我鼓起勇气坐到她的身

荞麦花　尚志强 / 摄

边，做了自我介绍。她比我想象中要热情很多。通过聊天我知道，她今年已有76岁，现居兰州，是50多年前响应国家号召从上海来支援大西北的。有人曾说，没有20世纪50年代的支援大西北建设，没有一代奉献者舍家为国的“西迁”历史，就没有具备工业基础的西部，也就没有今天改革开放的基础，更不会有现在西部大开发的起点。我仔细打量着眼前的这位老人，她的脸上已爬满了皱纹，可不知为何我想到的是她50多年前风华正茂的模样。她说她经常一个人旅行，还特意告诉我，在去年的夏天她去了西藏，到达了唐古拉山。问及去西藏的高原反应，她微笑着告诉我，比起旅行的乐趣，高原反应根本不算什么。听她这么说，我有一丝惭愧掠过心间，源于对高原反应的畏惧，我的西藏之行至今未能实现。当我又问她看荞麦花的感受时，她告诉我，她在那一簇簇的花朵中看到丰收的喜悦。分别之时，她给我留了联系方式，让我到了兰州之后去找她。望着她远去的背影，我的心中满是感动，我感动当年的她不远千里支援大西北，我感动今日的她毫不设防地和陌生的我聊天。

有人告诉我，荞麦花的花语是“一分耕耘，一分收获”。望着漫山遍野的荞麦花，我知道这片花海寄托了耕耘者的希望。血红色的根茎将粉白色的花朵举过头顶，花朵凋零结出果实，总以为它已消亡，事实上它早已将生命延续到了果实里，就连我刚刚吃的那碗香喷喷的荞麦面里，也残留着荞麦花的芬芳。

在到达之前，我已经知道，昔日繁华的统万城早已沦为一片废墟，而大部分的废墟也被黄沙掩埋在了地下。胡义周笔下那令人神往的千台万榭、楹柱斗拱也成了史书上的千古绝唱。

废墟的震撼

一

和朋友聊天，我说我最喜欢的就是家乡的秋天，他们以为我的这份喜欢源自文人笔下秋天所代表的丰收和喜悦。其实，我没有那么深刻，只是单纯地喜欢秋天的颜色——那蓝得深邃的天空，覆盖在金黄色的大地上，风轻轻地吹过脸颊，少女那一头柔和的秀发在肩头飘荡。

记得我曾在日记本里写下这样的话：

我爱它

不为别的

只因为那让我心动的颜色

这是我爱它的全部理由

一个喜欢摄影的朋友告诉我："既然你那么喜欢陕北的秋天，又酷爱历史，一定要去看看秋天的统万城，一定要去！"

一切都是那么巧合，在朋友说这句话之前，我已经做了前往统万城的计划。我习惯于去任何一个历史遗迹前，详细查阅与之相关的资料。我翻阅了《晋书》《魏书》《元和郡县志》、关于统万城的考古调查报告、学术论文及我能找到的所有资料，了解统万城的前世与今生。

记得有天夜里，当我读到《晋书·载记·赫连勃勃》关于《统万城铭》的部分，就迫不及待想立即前往一睹其容。我顺手摘录了一段：

崇台霄峙，秀阙云亭。千榭连隅，万阁接屏。晃若晨曦，昭若列星。离宫既作，别宇云施。爰构崇明，仰准乾仪。悬薨风阅，飞轩云垂。温室嵯峨，层城参差。楹雕虬兽，节镂龙螭。莹以宝璞，饰以珍奇。称因褒著，名由实扬……

《晋书》言这篇《统万城铭》出自秘书监胡义周的手笔，胡义周的描述太令人神往了。台阁矗立霄汉，宫阙高耸入云，千万台榭相连，无数楼阁相接，楹柱上雕刻着虬兽，斗拱上镂刻着龙螭……我极尽自己的想象，在大脑中搜寻胡义周笔下的繁华。那晚我做梦了，梦到了华丽的楼台宫阙，只是我不知道那是不是胡义周笔下1600年前的统万城。

二

统万城位于陕西榆林靖边县城北58公里处的红墩界乡白城子村，因其城墙为白色，当地人称白城子。又因系赫连勃勃所建，故又称为赫连城，为东晋时南匈奴贵族赫连勃勃建立的大夏国都城遗址，也是匈奴族在人类历史长河中留下的唯一一座都城遗址。统万城始建于大夏凤翔元年（公元413年），竣工于昌武元年（公元418年），由汉奢延城改筑而成，后来在北魏太武皇帝拓跋焘一统北方期间被攻克。1992年该遗址被公布为省级重点文物保护单位，1996年被列为国家重点文物保护单位。2012年11月，列入中国世界文化遗产预备名单。

作为一名业余的游者，又读了那么多与之相关的文字，并且多次神往这座都城，如今，我觉得是时候前往实地一睹其风采了。

终于在金秋时分，一个阳光明媚的日子，我约了两个姐妹陪我一同出发了。因为其中一人熟悉路线，我们走了乡间的通村公路，道路不宽，但是两边的风景却异常迷人，以致她俩多次停车跑到树林里追逐打闹。虽然这里属于风沙草滩区，但一望无际的杨树林将沙子牢牢地固定。秋天，真的是陕北最美的季节，它没

有春天的风沙肆虐，没有夏天的烈日炎炎，也没有冬天的刺骨寒冷，风轻云淡，不冷不热，一切都刚刚好。一路上，看着沿途的风景，聊着赫连勃勃与统万城，大家的心情极好，三个多小时的

统万城　靖边县委宣传部 / 提供

车程，一晃而过。

开始驶入遗址的时候，我指着不远处的白色墙体告诉姐妹，我们已经到达目的地。其中一个姐妹不解地问我："城在哪呢，你说的亭台楼阁呢？"我得意地告诉她："我所描述的是 1600 年前的统万城，如果我告诉你如今这里黄沙漫漫，你能跟我来吗！"她假装嗔怒地轻轻打了我一拳，大家一笑而过。此时，我们已经进入了遗址范围。

在到达之前，我已经知道，昔日繁华的统万城早已沦为一片废墟，连大部分的废墟也被黄沙掩埋在了地下。胡义周笔下那令人神往的千台万榭、楹柱斗拱也成了史书上的千古绝唱。

三

如今的统万城遗址到处是黄沙，你根本没有办法想象史书中的描述，若不是眼前还残留着高耸入云的墙体，你甚至会怀疑史书记载的真实性。因为没有向导，我们漫无目的地在遗址中行走，不知不觉走到了残留的墙体上（当时还没有保护设施）。站在这 1600 年前的城墙上，不仅能感觉到厚重，更重要的是感官上的美。这里视野极佳，突然想起那个爱好摄影的朋友告诉我的那句话，"一定要去看看秋天的统万城，一定要去"。我终于理解他最后强调的那句"一定要去"，在深幽的蓝色天幕下，一望无际的金

统万城　靖边县委宣传部 / 提供

黄色杨树林，流动的沙丘，残破的城墙，这几种极端的物象，集中呈现，冲击着我的视觉。梦幻和现实、历史与自然竟然如此巧妙地融合在一起，给人以一种惊心动魄的美感，那种荒凉、寂寞、神秘的氛围深深地震撼着我的心灵。

《元和郡县志》中记载了赫连勃勃到达这里时的感慨，“美哉！临广泽而带清流，吾行地多矣，自马岑以北，大河以南，未之有也”。我的思绪随着赫连勃勃的魂魄飘到了 1600 年前的无定河畔，这里地势平坦，水草丰美，牲畜成群，真可谓“天苍苍，野茫茫，风吹草低见牛羊”。对于匈奴，这个马背上的民族，如此之地，有利于他们骑马驰骋。于是，赫连勃勃征发十万人，任命叱干阿利为都城建造的负责人。据说叱干阿利为人凶残，对待工人严酷，《晋书》言“乃蒸土筑城，锥入一寸，即杀作者而并筑之”。史籍的记载夸大了事实，因为在考古调查中，并未在城垣的夯土中发现人畜骨骸的遗存。筑城之始，赫连勃勃自己说道“朕要统一天下，统治万邦，可以用统万作名称”，这便是统万城的由来。统万城宫殿大规模建成，上朝的宫殿称作永安殿，东、南、西、北四个城门分别取名为招魏门、朝宋门、服凉门、平朔门。不论是统万城的名字还是城门的名字无不体现出赫连勃勃的帝王思想及其巨大的野心。尤其是其姓氏的来源，史书上记载，勃勃原随母姓刘，称帝后，他觉得随母姓于理不合，于是根据义礼改姓，他说:“帝王者，系天为子，是为徽赫实与天连，今改姓曰赫连氏。”

群臣曾劝赫连勃勃定都长安，可是被他拒绝了，他说，他怎么会不知道长安是历朝古都，有着山河环绕的稳固。但是荆吴偏远，离北都城数百里，如果定都长安，北都城有守不住的忧患，他在统万，他们就不敢渡过黄河。可见，他有着战略家的高瞻远瞩，事实也证明，在赫连勃勃有生之年，统万城没有受到任何侵扰。

四

这座被当地老百姓叫作白城子的城池，其实是灰白色的，很多人对它的筑城工艺给予了极高的评价，从残留的墙体来看，确实坚固。有人曾对采集的夯土标本做过化验，主要成分为石英、黏土、石灰，然后加水混合成的三合土。文献中记载“蒸土筑城”，

统万城　靖边县委宣传部 / 提供

实际上是石灰遇水产生的热气，或许是这个原理超出了一些古人的知识范畴，故误认为是“蒸土筑城”。

从《统万城铭》不难看出这座城池曾经的奢华，从后来北魏攻克统万城后掳获的珍宝器物牛羊车马上，可见其富裕程度。从赫连勃勃称帝到灭亡不过短短 25 年，在历史的长河中这绝对算得上是一个短命的王朝。赫连勃勃穷兵黩武，大兴土木，就连攻破统万城的魏世祖都感慨“蕞尔小国，而用民如此，虽欲不亡，其可得乎？”那用人民的鲜血和汗水建成的宫殿，看似坚不可摧，却积压着民愤与怨气，而那数不尽的金银财宝、肥壮的牛羊马匹，又吸引了太多觊觎者的目光。奢华与富裕伴随着脆弱与危险，在

统万城 靖边县委宣传部 / 提供

那亭台楼榭里也早已埋下了灭亡的祸根。有人说赫连勃勃年少时受尽了磨难，多难兴邦，可是他残忍的心性令这种兴盛注定只是惊鸿一瞥，耀眼却极其短暂。

踩着脚下的黄沙，有太多感慨，千年来这里发生了翻天覆地的变化。大量的资料显示，统万城的环境在唐末开始恶化，到宋太宗下令毁弃这座城池，直到今天的黄沙漫漫，除了自然环境的变迁，从古至今人为的破坏占据着主要因素，不论是战争还是过度的采伐与放牧，一系列的恶性循环，最终就连废墟都被掩埋在了黄沙下面。

近年来在政府的大力倡导下，在遗址周边种植了大面积树木，如今已是蔚然成林，景色宜人。有朋友说，金秋十月何必去额济纳旗，来统万城一样能看到别样的“胡杨林”。

如今，考古发掘已经证明了《统万城铭》的记载翔实可信，那么，想要了解 1600 年前统万城的真实模样，《统万城铭》不啻为最靠谱的描述，我相信你的想象力会从中得到满足。

当我试图用语言表达这满眼的大好景致时，才发现自己的无知，人类的语言如何能及得上大自然的创意！有一种美无法定格，亦无须言语。

源自上帝之手

提到丹霞，美国亚利桑那州的波浪谷可谓享誉全球，由上帝之手精雕细琢的奇石美景，激发了无数人想要参观的欲望。然而，它那严苛的参观准入许可，却破灭了无数人想要一饱眼福的梦。很多人知道亚利桑那州的波浪谷，却不知道几乎和波浪谷同纬度的陕西榆林也有同样相似的人间美景。

记得几年前的一个夜晚，我看到朋友在社交网站上发出的一组题为《中国的波浪谷》的图片，我被惊艳到了。在地质学上把以陡崖坡为特征的红色岩层地貌称为丹霞地貌，朋友发出的图片正是丹霞。当时我迫切想知道这个“中国的波浪谷”的具体位置，并未注意到时至深夜，随手拨通了这位朋友的电话，至今我还记得他当时迷糊而担心的语气，以为是出了什么大事。当我说明缘由，被他狠批了一通之后，他告诉了我具体位置，并且强调这绝对是一个值得一去的好地方。当我得知这个地方距我仅有 200 多公里的时候，我恨不得连夜就出发。天蒙蒙亮，我直接将车子开到闺蜜家楼下，将睡梦中的她生拉硬拽到车上，在她准备发脾气时，我早已将昨晚看到的图片放到了她面前，因为我知道她面对自然美景时的那种着迷。果然，她问了好多问题，等到她反应过来，我们已经上了高速，她只能抱怨没给她梳洗打扮的时间。

那时正值金秋时节，当我们穿过靖边县城，驶入乡间小道，道路两侧尽是沉甸甸的谷穗，黄灿灿的玉米，一派丰收的景象，偶尔还能看到一段保留较为完整的明代边墙和烽火墩台。记忆中最为深刻的是当我们在下坡的路上通过一个急转弯时，远远望见沟壑间一汪湖光水色，那碧绿如翠的湖水宛若宝石镶嵌于大地，

龙州丹霞水　靖边县委宣传部 / 提供

龙州丹霞地貌　靖边县委宣传部 / 提供

当时，我们就不约而同地惊呼起来。或许是因为我从小在干旱缺水的陕北长大的原因，从小就喜欢看水，尤其是在到处都是黄土梁峁的大地上看到水时，那种莫名的兴奋与感动。记得小学四年级因为一篇关于水的作文被语文老师当作范文在课堂上朗读，当时的那种自豪感就如同获得了诺贝尔奖一样。当然，我并不知道获得诺贝尔奖是什么感受，不过，对于年少的我，算是一种莫大的荣誉与鼓励。也就是从那个时候开始，我会认真对待老师布置的每一次作文，至今，我都不知道那时的我是真的喜欢写作，还是为了得到老师的夸赞。

根据我们的行走路线，我发现龙州地处盆谷地带，四面环山，闺蜜当时开玩笑说我们到达了一个聚宝盆，而我们就是那寻宝的人。不过，后来在《话说龙州》中还真读到了关于南蛮盗宝的传说。那时的龙州还未开发旅游，没有指南没有攻略，就连路上也没有任何标识，真的像是一场寻宝之旅。好在进入盆谷地带之后，岔路口并不多。路边的风景也没有什么特别，大都是陕北常见的即将丰收的谷子玉米。

根据朋友的描述，我们应该快到了，车子缓慢地行驶着，闺蜜突然手指着前方，声音略带兴奋："看，红色的石头，上面好像刻着波纹，这就是丹霞吧！"我顺着她手指的方向，看到在距我们不远的地方，一片片连绵起伏、形状奇特的红色砂岩。闺蜜催促我停车，没等车子停稳，她就迫不及待地跳下车，向着红色的砂岩奔去。

走进了才发现，眼前的红色砂岩一层层错落有致、高低起伏，砂岩上面环绕着一圈一圈的纹路，像海上的波浪，又似水中的涟漪，还如生命的年轮，我不由得自语“真是太神奇了，太美了”，闺蜜也发出连连赞叹声。我轻轻地走在这红色砂岩上，低头仔细欣赏砂岩上的纹路，似乎置身于红色的海洋中。我感觉有一点眩晕，就在某一瞬间，仿佛自己滑入时光的旋涡。在阳光的照耀下，我看到站在红色砂岩上的闺蜜像是披着霞光，美得如同画中走出的人儿。趁她不备，我按下快门，但发现我的摄影水平根本定格不了如此美色美景。

这里散发着一种令人窒息的美，大自然的鬼斧神工自是让人顶礼膜拜，而那每一条纹路里也都隐藏着关于岁月的无穷秘密，这里有上帝雕刻的时光。此刻，我终于理解那些驴友，为什么不远万里、不辞辛劳、不畏艰险一次次地出行，他们知道人头攒动的地方没有摄人心魄的美景，唯有旷野之中才有他们内心深处的渴望，也唯有旷野才能安抚他们的灵魂。也是因为这些人的存在，才让我们有了看不完的美景。不论是举世闻名的亚利桑那州的波浪谷，还是眼前的龙州丹霞奇景，这些都是他们为我们寻找到的遗失在旷野中上帝赐予我们的礼物。

旅行在现代化的进程中与时俱进，随着交通的便捷、资讯的发达，自驾游、自由行成了当今旅行的主流。更多的人愿意来到旷野，而一些人始终在寻找未被开拓的处女地，还有更大的群体踏着开拓者的脚印将曾经的处女地变成熙来攘往的旅游景点，而那些开拓者却继续义无反顾地踏上寻找未知的旅途。

根据前一晚朋友的描述，我们继续“寻宝之旅”，去寻找一个有丹霞、有湖水、有古堡的地方。有朋友提前的踏访和他一路上的电话导航，我们很快就将车子停在了古堡的门洞前。下车之后，我们径直走向门洞，不知为何，我总觉得门洞有着一种神奇的魔力，它是通往另外一片天地的通道，驱使人前往，一窥全貌。

有时候，穿过门洞的世界并未如你想象中那么神奇与美好，就如眼前，只是一处由残垣断壁四面围裹起来的庄稼地。直到后来，再次来到龙州，方知此古堡为汉代古堡，是汉武帝统一中原建置的三十六州郡之一，龙州是离京城最远、靠长城最近的一州。

我们沿着古堡城墙外的一条小径前行，由于路面较窄，只容一人通行，行走时需小心翼翼。当我们走到尽头时，看到错落有致的丹霞环绕着碧波荡漾的湖水，那一瞬间我感觉到自己的眼睛被眼前的景色映照得异常明亮，蓝天、碧水、红岩定格成一幅我

丹霞地貌　靖边县委宣传部 / 提供

记忆中最美的图画。惊觉，这才是穿过门洞后我想要看到的别有洞天的景象。遥想当年站立于龙州城楼的士卒，望着眼前的丹霞碧水，铮铮铁骨的汉子也萌生了些许柔情吧。

其中一侧的巨石红岩三面被湖水环绕，红岩腰部有人工凿刻的石窑，此地名叫闫寨子，古称石堡寨，是宋代范仲淹任陕西经略安抚副使兼知延州时利用天险筑寨驻军的地方。寨子悬崖上有

石堡寨丹霞遗址　靖边县委宣传部 / 提供

窨子十余孔，内有锅灶水井，在西墙下面还有义仓，可屯百万担粮食。民国时期，闫姓家族利用易守难攻的古寨子、古窨子藏粮防匪，所以后来人习惯了叫闫寨子。再后来，在《靖边县志》中看到“石堡寨在明龙州南，寨宽数余丈，高数十丈，四面悬崖，南通一径”。今时不同往日，闫寨子不再是昔日藏粮防匪的所在，但那一夫当关，万夫莫开的气势却依旧如故。

就在我们沿着古堡墙体外的小径行走时，发现有通往山下湖畔的道路，由于表层很多沙土还没来得及凝固为岩石，走在上面稍不留心就会滑倒，对此，闺蜜那两跤摔得肯定比我感触更深。当我们来到沟底，眼前的景象再次直击心灵。我神奇地发现站立的角度不同、光照不同，丹霞所呈现的色彩具有很大差异。据说在雨过天晴时，丹霞的颜色更加鲜艳。当我试图用语言表达这满眼的大好景致时，才发现自己的无知，人类的语言如何能及得上大自然的创意！有一种美无法定格，亦无须言语。

碧湖一侧有大片湿地，我们沿着干燥的地方来到神奇的“一线天”。一片片如同波浪般的红色砂岩，在即将倾泻时被上帝施了魔法，定格成了永恒。“一线天”就如同上帝在海浪中隔离开的秘密通道，我们一直沿着这条秘密通道往里走，抬头时天空的确变成了一条线。我们越走越害怕，越害怕越想走，好在，我们都较为瘦弱，若再胖些，肯定会被卡在里面。

后来又去看了几次丹霞，听说了很多当地的历史传说、风土人情，知道了龙州不仅有6000多万年的丹霞美景，还有厚重的历史文化遗存，秦直道曾在这里穿过，汉、明龙州古堡尚存，烽火墩台高耸，民间逸事丰富……

看着龙州的美景，听着龙州的故事，记忆中的龙州行才更加深刻。

当我再次走入《平凡的世界》里，看到了一个广阔的新天地，您说每个人都有一个觉醒期，但觉醒的早晚决定一个人的命运，我把这句话牢牢地记在了心里。

写封信给路遥

对于生活的理想，应该像宗教徒一样充满虔诚与热情。

——路遥

远在天国的路遥先生：

您好!

初次与您遇见，是在初中二年级的暑假，在《平凡的世界》里。在应试教育的胁迫与督促中，每天都有写不完的作业，背不完的单词，只有在寒暑两个假期才有充足的时间去阅读。记忆中那个假期很炎热，我每天都会穿着一条花裙子去大门口的小卖店，买一根橘子味的冰棍慢慢吮吸，感受它沁入心脾的清凉。有一天，我正在小卖部买冰棍，远远地看见姐姐提着一个大袋子向我走来，走近才知道姐姐提了满满一袋子的书，足有十多本。回家后，她送给我一套《平凡的世界》，并告诉我这套书获过茅盾文学奖，让我利用假期的时间好好读一读。

我忘记自己用了多久将它读完，只是那段时间我再没有穿着那条花裙子去买我最喜欢的橘子味的冰棍，除了吃饭和睡觉的时间我几乎都在阅读。那时年少，不懂爱情，也不懂生活，无知的我，在《平凡的世界》里只看到异常艰辛的生活和最终有情人没成眷属的遗憾。在我读完《平凡的世界》后很长的一段时间里，一想起少安和润叶没能在一起就会感到深深的惋惜，更是心痛晓霞的

路遥纪念馆 · 路遥书苑全景　曹新欣 / 摄

离去，也为少平拼尽全力的奋斗而感伤。年少时的印象太过深刻，以至于后来很多年都没有再去触碰《平凡的世界》。

大学毕业后，误打误撞来到了农村工作。说来也奇怪，我第一次下乡，除了简单的行李，还带了五本书，其中《平凡的世界》占据了三本。直到现在我都不知道为什么会在那满满的书架上拿了这几本。初到农村，工作相对轻松，有较多的阅读时间。当我再次走入《平凡的世界》里，看到了一个广阔的新天地，您说每个人都有一个觉醒期，但觉醒的早晚决定一个人的命运，我把这句话牢牢地记在了心里。那时，我正处于极度迷茫中，您的言语

就像一把智者的戒尺敲打着我鞭策着我，还像是一道光，一道指引我前进方向的光。后来，我从《人生》读到《早晨从中午开始》，我汲取了巨大的能量，尤其是您创作《平凡的世界》的心路历程，给我以无限鼓舞。您思想的光芒照耀着我，在那短短的几个月里，我觉得自己成长了很多。

时光悄悄地流逝着，生活如同流水，有时平直，有时曲折。我曾一度陷入人生的绝境，几乎连生命都想要放弃，偶然翻开几年前的日记，看到我摘录着您光辉的话语，您说：

青年，无论受怎样的挫折和打击，都要咬着牙关挺住，因为你们完全有机会重建生活；只要不灰心丧气，每次挫折就只不过是通往新境界的一块普通绊脚石，而绝不会致人于死命。

往事真的不堪回首，想起都让人心悸，我真的很感恩，这个世界有您，是您让我获得重生，您若还在，我定会登门感谢您的恩情。后来和信仰基督教的母亲谈起这件事情，她说这是上帝借您的文字来拯救我。我孩子气地问她，是不是路遥先生也到达了天堂和上帝在一起，她肯定地告诉我，善良者的灵魂一定都会到达天堂。

生活总是磕磕绊绊，是您的那句“如果能够深刻理解苦难，苦难就会给你带来崇高感”，激励着我在艰难的岁月里，走了很久很久。直到今天，我依然在默默地奋斗，想像您一样让精神在琐碎的生活中得到升华。也许有些人永远都不会理解我的这种感受，那是因为他还没有觉醒，没有真正用心去生活。我把您说的这些话当作自己的“《圣经》”，对生活的理想像宗教徒一样虔诚与热爱。您说美丽的花儿凋谢了也是美丽的，这不正是您的写照吗？我希望自己也能成为一朵美丽的花。

听说您的纪念馆落成开馆，得知这个消息后我感到很高兴。这座纪念馆的意义重大，若放在古时的中国，它相当于一座庙堂，而庙堂供奉的都是为国或为民无私奉献的伟大精魂，能获得如此殊荣的人寥若晨星，这是众人对一个人最崇高的爱戴和肯定。而您，就拥有这样的精魂，也配得上这样的爱戴。在这个物欲横流的时代，为您建造这座纪念馆本身就是人们的一种觉醒，一种正能量的引领。它的存在不仅让人们有了缅怀您的场所，它更像是一座灯塔，带给那些作家们、那些正在奋斗的人希望的光芒。纪念馆是您荣归故里的象征，我们都深深爱着您。

今天，我来了，我追寻着您的足迹来了，您大山中的家乡至今未通高速，一路颠簸，我终于站在了您的家门口。想给您说声抱歉，我来晚了，但终究还是有机会站到您的面前向您鞠躬致谢，我很满足。下车后，我没有急迫地进入纪念馆，站在门口仰头望着蓝天白云下您生活过的黄土地，虽然厚实，但却难以掩盖它的贫瘠。初春的天气乍暖还寒，一眼望去，您曾生活过的家园，犹如一道狭长的夹缝，略显局促。我终于明白少平的离开是为了寻找更加广阔的天地，这里可以养育他长大，却无法丰满他的灵魂，他逃离式的出走是对梦想的追寻。

纪念馆门口是六组数据，都是您生命中最重要的节点，最后一组，格外地让人触目。那年，我 8 岁，您 42 岁，我还不知道您是谁。那年，您因病离开，一颗文坛巨星陨落，千千万万的人为您流下眼泪。我曾经为您的早逝而痛惜，母亲却告诉我，离开的只是肉体，在天堂里您得到了永生。是啊，您的精神还在激励着我们前行。有些人活了 90 岁，到死都糊里糊涂不明不白，而

路遥纪念馆内景　尚志强 / 摄

有些人活上 30 岁都能散发出耀眼的光辉，还有些人在活着的时候就已经死了，有些人却虽死犹生，这就是生命的质量。我忽然想到陈忠实老师对您的评价：

就生命的历程而言，路遥是短暂的，就生命的质量而言，路遥是辉煌的。能在如此短暂的生命历程中创造出如此辉煌如此有声有色的生命的高质量，路遥是无愧于他的整个人生的，无愧于哺育他的土地和人民的。

多么诚实的评价。的确，在这短暂的人生里，您活到了极致，创造了奇迹。

走入大厅，隔着玻璃，我踩在了生您养您的黄土地上。只因为您曾说过您是黄土地的儿子，所以大家记住了您的话，地面用黄土装点，让您时刻感受黄土的气息，享受家的温暖。这一切都是家乡父老对您爱的表达。您手握钢笔，低头沉思的雕像，那是您在大家心目中奋斗的伟岸形象。我呆呆地望着您的雕像，不知道是我的灵魂出窍，还是您的魂魄附体，我看到您奋笔疾书的模样，时而眉头紧锁，时而嘴角上

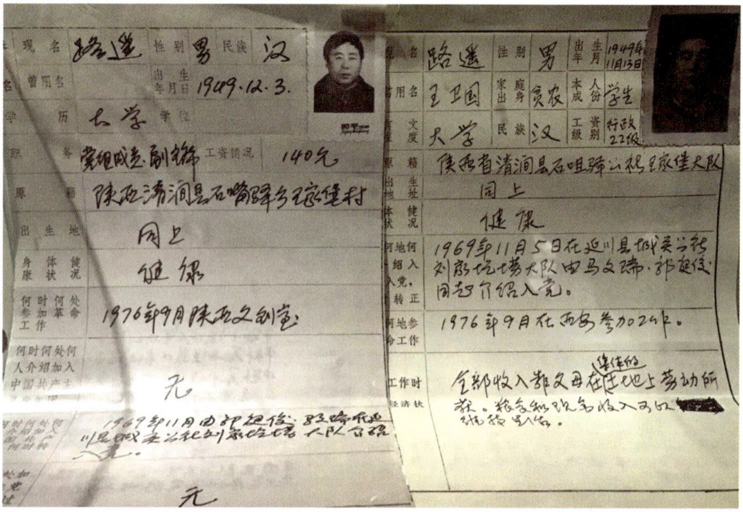

路遥纪念馆文档　尚志强 / 摄

扬，甚至隐约闻到了淡淡的烟草味。我感觉有人轻轻地拍了我一下，我顿时回过神来，朋友说：“丫头，你又胡思乱想了吧。”我没有回话，只是深深地对着您的雕像鞠躬致谢。此刻，我愿意相信母亲的话，人是有灵魂的，而您的灵魂刚刚真的回来过。

由于时间尚早，整个纪念馆只有我们两个人，安安静静的，正好我可以慢慢地感受您遗留的气息。整个馆内的展陈散发出家乡父老对您的熟悉与爱戴，从“困难的日子”到“山花时代”，再到“大学生活”，您开始了“辉煌人生”，又创造了“平凡的世界”，到最后是人们对您“永远的怀念”，我跟随着乡亲们的展陈缅怀了您的一生。

当我离开您的时候，全身满满的都是力量。我出生在这片黄土地上，这片黄土地也曾哺育了我，我该像您一样，给予回馈。有时间我还会来看您，下次再来，我将给您交上一份为家乡奉献的答卷，不辜负您的荣光。

遥祝

天国安好！

太极湾正如它的名字一样，阳刚与阴柔并存，壮观又不失清秀，天地、山水、土石、高低、曲直、陡缓并存于这一湾，像极了中国古老的太极图，在万里黄河上独一无二。

未曾遇见的景致

一

一出清涧，打开导航，直奔太极湾。同行的朋友问我怎么想到来这里，我说因为偶然看见的一张照片。他笑着说照片和实景就如同买家秀和卖家秀，小心失望。可我的内心却期待着一处未曾遇见的景致。

出城没多久，在一个分岔路口我们就不知道该何去何从了，因为手机完全没有信号，导航自然失效。查看了地图，确定了方向，继续前行。

一路上风光无限，浑圆的山峁一座接着一座，山峁与山峁之间是沟壑，沟壑与山峁纵横交错。行驶在这样的路上，我感觉自己一会儿在云端，一会儿在深渊。在云端时，视野开阔，一座座山头相连，看不到尽头，云雾在山头环绕，天山相连没有界限。在深渊时，目光受限，只能看到不远处山坡上吃草的羊群和靠在墙角扎着白头巾打盹的羊倌，还有在下一个转弯遇见的小桥流水人家。不论是山巅一览无余的开阔，还是山涧目力所及的局促，一切都是上天最美好的给予。

这里的盘山公路很美，但是坡度陡，弯度大，基本都是折叠的S形，不赶巧的是还有部分路段正在施工，50多公里的路程，我们走了接近两个小时。但是，在行驶的过程中，窗外优美的风景并没有让我视觉疲劳，更不会觉得路途遥远和时间漫长，即使因为施工而堵车，利用空当望一眼窗外，也就不再感觉焦急。假

黄河水与太极湾 尚志强 / 摄

如太极湾的实景和图片之间真的如同买家秀和卖家秀，那么沿途中领略到如此美景，此行就足以够本了。我沉浸于此，已经忘记了此行的目的，心绪也是懒懒散散的。

一路上除了遇见的村庄，几乎很少有路标指引，两个小时的车程，除了施工车辆，我们仅仅只遇见过一辆车。看来知道这里的人并不多，到达这里的人就更少了。想到此，我顿时来了精神，因为相较于商业气味浓重的旅游景点，我更喜欢纯粹的自然美景。

二

终于看到了一块简陋的指示牌，这是此行第一次也是唯一一次看到目的地的名称。

太极湾到了，我们将车停在了一片空地上，这里堆放着一些建筑材料，看了介绍才知道，在不久的将来这里会成为太极湾游客服务中心。看来我的判断是对的，这里未被开发，但是已经在开发的路上。

穿过稍许凌乱的工地，不经意地远眺，我瞬间被震惊得呆立原地！四周危崖高耸，中间巨大而浑圆的黄土梁峁如同一座孤岛，在太极湾的水流中一跃而出。在大脑死机三秒后，我的第一反应就是奔向最近的一座山头，迫不及待地一窥它的全貌。我被眼前的景象震惊了，激动得不知道说什么好，除了震撼，还是震撼，天地间竟有如此气势磅礴之美景！我想要用文字来描述，可是不论我如何表达，都觉得不够力度。文字被誉为人类最伟大的发明创造，是衡量一个族群文明与否的重要标准，可是，在大自然面前却总是黯然失色。我深知文字在它面前的苍白，可我还是不自量力地想试着站在我的视角描述一番。太极湾正如它的名字一样，阳刚与阴柔并存，壮观又不失清秀，天地、山水、土石、高低、曲直、陡缓并存于这一湾，像极了中国古老的太极图，在万里黄河上独一无二。那座“孤岛”就是太极图的中心，给人以无限的遐想，总觉得那里居住着一个古老而神秘的民族，自太古以来，一直绵绵不息地延续到现在。再看四周怪石嶙峋，隔河与岛相对，千百年来，它们只能这样相互观望，却永远无法走进彼此。一阵风吹过，似乎感觉周遭那些怪石在风中咆哮，可那座“孤岛”却始终安然，不被触动。

有人说它是“黄河孤岛第一湾”，有人说它是黄河上最美丽的湾，的确，它是最美丽的，也配得上“第一湾”的称号。华国锋曾为其题词“黄河奇湾”，中国社会科学院专家则认为，其满足申报世界自然风光遗产的条件。

我站在莽莽苍苍的黄土高原，打量着眼前壮观的太极湾，思绪万千。眼前的太极湾美得大气磅礴，美得气势雄浑，美得无与伦比，但它仅仅只是黄河上的一小段，从入湾到出湾全长仅有 8 公里，黄河全长却有 5464 公里。黄河在青藏高原的巴颜喀拉山发源，自西向东流经九个省，从世界屋脊到鄂尔多斯高原到黄土高原再到汾渭盆地、华北大平原，最后汇入渤海，可谓奔腾到海不复还。黄河流域面积约752443平方公里，润泽了亿万中华儿女，她充分展示了水利万物而不争的美好品德。在她万里奔腾的路途中，历经各种曲折，穿越各种阻碍，直到汇入大海。仔细想想，这和人的一生是如此的相似，突然想到一个词——黄河精神，这种精神正是当下我们所缺乏的，更是我们所需要的。

三

太极湾太壮观了，它几乎吸引了我所有的关注，忽略了周边的一切。当我回过神打量周边时，对面山峁上的一棵树，深深地吸引了我的目光，我能感觉到自己的心震颤了一下。

如果说刚刚太极湾是视觉上的冲击，那么，如今这棵树却直击我的灵魂。在这光秃秃的、偌大的山头，它傲然挺立，给我无限遐想。说不出为什么，它那种孤傲令我感动，也让我觉得亲切。在我的心中，它更像是一个厌烦了尘世喧嚣、逃离到大山中修行的隐者，如今傲然挺立在山头，与天地融为一体。或许，在众人的眼中它独占一座山头，是孤独的，可它的枝繁叶茂和这光秃秃的山头形成强烈的反差，恰恰说明它生活得很好。我不知道，除了我，还有没有人关注过它，太极湾的光芒过于耀眼，山头那么大，

太极圣境雪　黄如强 / 摄

它那么小，不被关注也在常理之中。不过它既然选择扎根在这里，也许根本不想被关注，只想过不被打扰的生活。

我试图寻找一条通往那座山头的路，找了很久却无果。天已不早，朋友劝我放弃，让我留个念想下次再来。

离开太极湾的当天夜里，我在记事本中写了下面的话，是为了那棵树：

在我离开之前，因为你，我再没有将目光投向太极湾。从此，你将在我的梦中萦绕，变成我一生的想念和牵挂。

在远离尘嚣的山头，你把自己站成王的模样，你居高临下，日夜注视着太极湾的水流。我想问问：你孤不孤独？这贫瘠的土

孤树

地如何让你变得枝繁叶茂？难道你是上天派来的太极湾的守护神？如果，我是一棵树，我也想站在你的身旁，不知你是否愿意？朋友说你一定很孤寂，我告诉他，你有你生活的方式，你独自的狂欢没人能体会。我还会再来，不为太极湾，只为你而来，我将走近你，触摸一下你的繁枝茂叶，站在你的高度，感受太极湾的气度。

在黄土高原腹地，无定河畔，有一群人，他们在坚硬的石头上，书写了一个地方的史诗。只要是石头，经过他们的手，就有了生命，有了精魂。

石成锦绣

在黄土高原腹地，无定河畔，有一群人，他们在坚硬的石头上，书写了一个地方的史诗。那一块块的石头，只要经过他们的手，就有了生命，有了精魂。

石头，是绥德汉挥洒汗水的战场，养家糊口的阵地；石头，是绥德历史延续的精魂，绥德文化万古不朽的见证。

——题记

从四十里铺开始到绥德城，道路两侧清一色大大小小的石雕加工厂，一个接着一个，庄严大气的石门楼、千姿百态的石狮子、高耸入云的龙柱……仿佛置身于石头工艺的艺术长廊。因为雕刻，空气中弥漫着淡淡的浮尘，但丝毫不影响我欣赏这些艺术品的目光与心情。

未进门，浓郁的石雕艺术气息扑面而来，绥德，无愧于“石雕的故乡”这一称号。

二

在绥德待上一天，你就能体会到石头的魅力，感受到石雕文化的绚丽多姿，不论是气势宏大的石魂广场，还是千狮桥上千姿百态的狮子，抑或是永乐大道石刻画长廊，甚至寻常人家的门廊，经过绥德汉的镌刻，这里的石头就有了生命的温度。李贵龙老师在《文化绥德》一书中，用了我非常喜欢的一个词“石成锦绣”，

绥德石狮　王晓伟 / 摄

这个词把绥德的石雕文化描述到了极致，不仅赋予其宏大的气势，还为其增添了鲜艳的色彩。

石雕艺术在这里的集中呈现，让人目不暇接，当我苦恼于从哪里说起时，看到桌上的《韩世忠年谱》。看来，谈石雕之前要先谈绥德汉精神，这也符合以人为本的哲学理念。韩世忠，绥德县人，南宋名将，与岳飞齐名，在抗击金兵南侵中屡建奇功。韩世忠为官正派，英勇耿直，功勋卓著，死后，宋孝宗追封其为“蕲王”，赐谥号“忠武”。在韩世忠的身上，绥德汉精神得到最好的诠释。为了弘扬绥德汉的精气神韵，1996 年绥德县政府决定在城中心为韩世忠立像，雕刻大师们正是土生土长的绥德汉子们，曾任国务院副总理的邹华题写了碑铭“民族英雄韩世忠”。如今，这座雕像不仅是绥德城的标志性建筑，更是绥德汉精神的文化标识。

二

距韩世忠雕像不远处，就是名扬天下的千狮桥。听其名便知这座桥是因狮子众多而得名，的确，在这座长度仅有 310 米的大桥上，雕刻有 1008 个大小不一、神态各异的石狮子。该桥石拱筑桥身，有十二拱洞，在拱与拱之间又设小洞，这样既可减轻水的阻力，又具有美化桥身的作用，可谓一举两得。在这座桥上，绥德汉们将石雕的实用性与艺术性完美结合。桥的基本释义是架在水上或空中便于通行的建筑物，本质即连通。千狮桥横跨县域东面的无定河上，是西包（西安至包头）、银太（银川至太原）公路交会要冲，换言之，它是贯通秦、晋、内蒙古、宁的枢纽，也是连接神龙、滨河、永乐三条大道的津梁。

白天的千狮桥人来车往，异常热闹。夜晚，我独自来到千狮桥上，想体会不一样的感受，夜晚的它没有了白日的喧闹，更加纯粹也更为真实。桥头的四个方位各建一座八角亭，均为石刻，雕工自不用说，在夜幕中，这四座亭子犹如守护千狮桥的卫士，高大而庄严。透过路灯的光线，我仔细端详着这些造型、神态、大小各不相同的石狮子。我惊奇地发现，每一个柱栏上并不是只有一只狮子，有的是两只，还有的是三只或四只，这些造型像极了生活中的场景，似母子，或恋人，又或大团圆，也许是我太过感性，也许这本就是雕刻者想表达的意思。我甚至一个一个去数了这些狮子，看到底是不是 1008 只，数了两遍数字皆不相同，就是没有我要的 1008，若我的数学老师知道了，定会难过吧。我望着无定河的水流，抚摸着这些狮子，心中感慨万千，我惊叹于绥德汉的雕刻技艺，石头经过他们那粗壮神奇的手个个成为鲜活之物。此刻，承载了一天压力的千狮桥如同绥德城的百姓，正在养精蓄锐，迎接明天的到来。千狮桥让我领略到石头的魅力，感受到绥德汉刀锋錾尖下的阳刚与谦和。

三

遇见我喜欢的地方，我不愿让自己像一个闯入者或游客行走于其中，我更愿意像一个“土著”，融入当地人的生活，跟随他们的节奏，感受他们的清晨与日暮。与永乐大道石刻画长廊的遇见，就是在第二次去绥德的一个午后，我一个人穿梭在这座小城的大街小巷，对路痴的我来说，至今都不知道自己的路线。漫无目的的行走，成就了我与永乐大道石刻画长廊一场美丽的邂逅。

我认真地品阅了每一幅画卷，发现这条石刻画长廊内容丰富，蕴含深刻，绝对称得上是一部陕北历史文化的绣像长卷。石刻画卷共计九个篇章365幅图卷：从传说时代的女娲造人，到黄帝疏属山梏危、舜帝教稼，见证了陕北历史与中华文明同步；从汉画像石中的牛耕放牧到车马出行，再现了秦汉遗风；从蒙恬造笔、张灿辅佐三朝皇帝，到李子洲点燃陕北革命的火种，彰显了绥德汉精神；从凿山开石砌石造田到捉麻雀踢毽子的孩子，反映了陕北人民苦涩而甜蜜的生活；从红白喜事的婚嫁丧葬礼仪，到赶庙会、转九曲，传承了古老的黄土文化；从赶牲灵、走西口，到喊着号子的船工、吆喝生意的店铺，还原了昔日绥德旱码头的风姿；从以剪纸形式为母体的石雕唢呐到民间传说的祝福，展示了民俗艺术的神奇魅力；从以爱情基调为主的用信天游曲调编唱的《三十里铺》，听到了陕北民歌的高亢与悲壮；从昔日的秦汉名邦到今时今日勇立时代潮头的精神风貌，看到了绥德的美好未来……

一条石刻画长廊将绥德石雕艺术与市政基础工程建设完美地融合，也让人领略到了博大精深的陕北历史文化。我曾经多次向朋友说起绥德是最能代表陕北文化的地方，换言之，若想了解陕北文化须知绥德之重。

四

第一次去绥德汉画像石展览馆，惊喜不小，在黄土高原这个小小的县城里，有如此专业的展馆，超出了我的预期，并且它是陕西省唯一的汉画像石专题展馆。所谓汉画像石，实际上是汉代地下墓室、墓地祠堂、墓阙和庙阙等建筑上雕刻画像的建筑构石。其建筑绝大多数为丧葬礼制性质，因此，汉画像石本质上是一种祭祀性丧葬艺术。绥德汉画像石馆外观是两个气势恢宏的汉阙，门面取自绥德汉画像石精品的“羊鹿”图案，简洁而独特。汉画像石内容丰富，但主要以反映现实生活为主题，有较多的农耕、狩猎等题材，透过这些汉画像石，让人清晰地感觉到绥德文化，集农耕与游牧文化于一体，突出多元性。而绥德汉画像石质朴简洁、装饰性强的艺术风格，也和后世的剪纸艺术一脉相承。

参观绥德汉画像石展览馆，令我感触最深的是沁入骨髓的寒

汉画像石展览馆 王晓伟 / 摄

意，从进入展厅到参观结束，这种寒冷的感觉越来越浓重。同行的朋友对我说，这里太阴冷了，不知是因为展陈的物品源自墓葬还是因为展馆常年照不到阳光，我说两者皆有吧。可精美的汉画像石却又死死地吸引着我的目光，透过简洁而内容丰富的画像石图案，脑海中呈现出一个又一个汉代人生活的场景。或许设计这座展馆的人就是要参观的人体验这种感觉，也算是和汉画像石相得益彰了。

汉画像石被誉为是内容最为丰富的汉代美术作品群，在 200 余年的演变发展过程中，汉画像石所取得的巨大艺术成就，使它不仅成为汉代以前中国古典美术发展的巅峰，而且对汉代以后的美术发展也产生了深远的影响。从某种意义上讲，汉画像石是一座屹立不倒的艺术丰碑，这座丰碑让人深刻感受到石头艺术与文化的无尽魅力。

五

每次来绥德，都会到石魂广场走一走。一般而言，若一个地方去得多了，就会失去初见时的那种惊喜与惊奇。可我每次来到这里，惊叹都不绝于心底，那种宏大的场面，绝对是视觉上的盛宴，一如初见。我惊叹于那举世无双屹立于黄土文化风情园入口处的一对石狮，为此，我专门查阅了资料，这对石狮高 19.5 米，是目前亚洲最大的石狮。在石狮的腹中是石狮博物馆，它是世界上唯一的石狮主题博物馆，展示了汉、唐、宋、明、清各个时期的石狮演绎历程。站在石魂广场，我用仰望的姿势观赏着这些活灵活

石魂广场　王晓伟 / 摄

现的石狮，据说这些石狮的造型源于黄土高原散落在田野里的灵物怪兽，包括辟邪驱疾的炕头狮、庙堂高山的镇山狮等。透过狮雕身上镌刻着的或直或弯的线条，我看到绥德汉子们在石头上演绎着男儿的刚毅与柔和，他们赋予了石狮子生命与精魂。

不论是仰望还是俯视，是远观还是近看，石魂广场都给人以心灵上的震撼。石头与人类发展有着不解的情缘，石狮子更是中华文化的一种祥瑞符号，象征着力量与正义，上至皇宫庙宇，下至民间宅院，守护着人们的家园。

六

早已听闻绥德“天下第一石牌楼”的威名，也曾看到不少文人墨客对它的褒奖，赞美的言语有力拔山河之势。看到如此之多动人心魄的描述，我的心也开始荡漾了起来，它几乎成了我的一个念想，一定要去看看。如今站到它的面前，我竟旁若无人地自言自语连连赞叹，终于能够体会人们对它不遗余力的赞美之情。在常人的认知中，石头永远是灰色的、冰冷的，只有金子才会发光，可眼前这座高大庄严的石牌楼，在蓝天白云的映衬下，散发出一种生命的活力与光芒。

石牌楼有五门六柱，中央上方由书法名家钟明善题“天下名州”四个飘逸遒劲的大字，整体上恢宏而壮观。尤其是主门联的

“天下名州”石牌楼　王晓伟 / 摄

内容“两河不息记载着千古风流人物河侧青山山侧白云此处曾是汉关秦月；四路无阻贯通了万里锦绣神州路边长堤堤边绿树这时已为舜日尧天”，让人有一种站在高处的开阔与气吞山河之势。我环绕着它的周身走了一遍又一遍，用手触摸那些温婉而坚硬的线条，欣赏着镌刻在石头上的那些栩栩如生的人物故事，如同上了一堂生动美妙的历史课。浮雕中刻有碧霄祥云、天女散花、龙飞凤舞、三阳开泰、莲花古松、牡丹寒梅等，内容丰富多彩，我惊叹于劳动人民的创造力和绥德汉子那敦厚外表下的细腻。

从明代到改革开放以来，一般石牌楼都是三门四柱，而“天下名州”的石牌楼为五门六柱十九楼双面单式结构，由 1118 块石料组成，有楹眉 66 幅。有人说过去的所有石牌楼和“天下名州”

石牌楼相比，就如同小巫与大巫、众山与泰山的差距。的确，“天下名州”石牌楼气势之宏伟、布局之精巧、雕技之精妙、寓意之深刻，在整个华夏大地无与伦比，“天下第一石牌楼”的美誉实至名归。

七

在这里我没有谈及绥德的石雕技术，因为我觉得不需要，文字对于巧夺天工的技艺是苍白无力的。民间俗言“有本事在石头上雕出花来”，泛指根本做不到的事情，可见在一般人眼中石头雕花如同天方夜谭。可对于绥德汉来说，石头上雕花信手拈来，且能使其栩栩欲活。

绥德的石雕种类内容丰富，有大众熟悉的石桥石雕、纪念石碑、纪念石雕、寺庙神殿、石狮雕刻等，也有大众较为陌生的石窟和摩崖石刻、石阙和牌坊石雕、宫殿和塔建筑石雕、石书雕刻等，还有当下流行的工艺饰品石雕。在雕刻的技法上有圆雕、浮雕、壁雕、镂空雕、线雕、影雕、微雕及阴刻、阳刻等几大类别，各有特点，并独具风格。面对如此丰硕的绥德石雕艺术，我没有能力面面俱到加以描述，期待地方文化部门将此按照类别整理成册，让更多的人知晓绥德博大精深的石雕文化。

在人类文明的进程中，在人类包罗万象的艺术形式中，没有比石雕更古老的。从石器时代至今，根据人们的不同需求与审美，石雕艺术变化着各种类型，演绎着不同风格。英国的巨石阵、埃及的金字塔、中国的石峁古城、智利复活节岛的石像、秘鲁的马丘比丘城……这些石头建筑驰名世界，雄浑而壮观，但它们早已失去了活力，成了人们瞻仰的遗容、考古专家们的难题。绥德城的石雕石刻则不同，不但有历史延续的精魂，还是当今人们宝贵的精神财富。它不仅有生命，还有未来。

虽然，他没有登上始皇留给他的皇位，但他却被人们惦念了两千多年，他终究还是活成了王的模样。我突然觉得疏属山就像王一样矗立在绥德城中，注视着它的子民。

与华夏文明同步

虽然我是陕北人，但第一次听说疏属山却并不是因为地缘因素，而是源自大学时代阅读过的古老典籍《山海经》。《山海经》中很多地名至今都无法考证，而疏属山却可以对号入座，并且这座山就在我故乡的绥德县境内。故此，当时竟然萌生了一种地域自豪感。当然这样的自豪感转瞬即逝，《山海经》中的很多故事也伴随着如梭的光阴被渐渐淡忘，唯独疏属山一直居住在我记忆深处的某个角落。

后来，我读到过一些关于疏属山的文学作品，从描写的笔势来看，可谓是浓墨重彩。因为这些精彩的描述，我萌生了攀越这座山峰的豪情，可见，文学的魅力无穷。文人墨客的描写加上《山海经》的传说，在我的印象里，疏属山拥有比肩昆仑的巍峨与神秘。

满怀攀越的豪情，我来到疏属山脚下，但眼前的景象让我彻底蒙了，怀疑自己走错了。面前的这座山，和黄土高原上千千万万个小山包一样，方圆不足五里，高不过百米，既不巍峨也不神秘。顿时有一点失望，不过，大老远赶来，还是要爬上山顶看一看。

上山的道路坡度不大，路面由当地的砂岩铺陈，高低起伏，行走还须注意脚下。山坡上到处都是人家，说是爬山，其实就是穿过几个有一点坡度的巷子。巷子里的景致很特别，它不像北京的胡同那般笔直，而是曲折迂回，巷内有很多老房子，大门上还有古老的门当和石雕。走着走着不觉开心了起来，其实，旅行如同生命，过程与结果没有孰重孰轻，沿途的风景一样能打动人心。大家很悠闲地到达了山顶，我竟没有感到一丝疲累，这也算是一种登山新体验。

山顶有一个院子，曾是 20 世纪 80 年代修建的绥德展览馆，现已搬迁。穿过院子往前一点，就是大名鼎鼎的秦太子扶苏墓。我在他的墓前站了很久，遥想史书中记载的那个人尽皆知的故事，不免为这位太子悲伤，也曾想若没有那份假圣旨，扶苏公子按始皇意愿登上王位，历史是否就会改写？我看到过很多人的观点，他们认为扶苏登位历史一定会被改写，我却觉得扶苏即位最多让秦王朝多存在那么几年，但依然逃脱不了灭亡的命运，一个王朝的覆灭，原因没有那么简单。所以那些为扶苏惋惜的文人们，不

疏属山　王晓伟 / 摄

必过于悲叹，至少他留下了贤德的美名。

站在疏属山顶，绥德城就在脚下，说不清楚为什么，顿时有一种豪情涌上心头。环顾四周，绥德城四面环山，疏属山矗立在城中，无定河、大理河穿城而过，整个城被天地包围了个结实。我在山顶徘徊了很久很久，我在思考为什么有那么多文人钟情于它，难道仅仅是因为被冤死的扶苏公子吗？思考了就总会捋出一点头绪，我忽然想到大学时代读过的《山海经》中关于疏属山的记载："贰负之臣曰危，危与贰负杀窫窳。帝乃梏之疏属之山，桎其右足，反缚两手与发，系之山上木。"意为贰负神的臣子叫危，危与贰负合伙杀死了窫窳神。黄帝便把贰负拘禁在疏属山中，并给他的右脚戴上刑具，还用他自己的头发反绑上他的双手，拴在山上的大树下。这是关于疏属山最古老的记载，它的古老与中华文明上下五千年的起点同步，那个被史学界称作的传说时代。

后来，公子扶苏因焚书坑儒事件与始皇政见不一，被贬来到上郡监军蒙恬。他无论如何也想不到自己到来后，却再也回不去了，他的精魂永远留在了疏属山上。疏属山因为扶苏的到来，增添了一份光芒与荣耀，也因为扶苏使疏属山的威名更加远扬。如今，时不时有人前来疏属山缅怀这位逝去两千多年的悲情公子，就在刚刚我还看到他墓碑前那鲜艳的花环。这两千年多年来，疏属山包容着他，虽然，他没有登上始皇留给他的皇位，但他却被人们惦念了两千多年，他终究还是活成了王的模样。我突然觉得疏属山就像王一样矗立在绥德城中，注视着它的子民。

再后来，开国大将王震率领三五九旅驻扎疏属山，担任绥德、米脂、吴堡、清涧、佳县五县河防警备任务。疏属山得天独厚的地理条件，居高临下，城区大街小巷尽收眼底。驻防期间，王震将军率部多次击退日军进犯，取得了河防保卫的重大胜利。如今，虽然天下太平，可绥德人民并没有忘记那段革命史，他们懂得今天的这一切来之不易，所以他们心存感恩，倍加珍惜。

同行的朋友告诉我，疏属山是一座“教育之山”，当我问及缘由，他却并没有说什么。回去之后我查阅了很多资料，终于明白他所言的教育之山的含义。绥德自古重视教育，自秦汉以来，就兴办私塾，唐设儒学，明初建试院，清朝设书院，民国年间创

扶苏亭

建师范学校，一路领先，开陕北教育之先河。

据史料记载，雍正年间的雕山书院最为有名，延续状态良好，古绥州历任官员倾心教育，捐款办学，多次更换书院名称。在中国很多有名的书院，都是“民办官助”，而雕山书院却是“官办民助”。乾隆三十六年(公元 1771 年)，知州舒元烛动员绅商捐资扩建书院，并改名为文屏书院。乾隆四十九年(公元 1784 年)知州吴忠谐再次扩建，更名为重文书院。道光四年(公元 1824 年)复称雕山书院。道光二十二年(公元 1842 年)知州江士松将书院整修一新。讲堂正中悬挂“学问务高深，秀发文山理水；科名期显达，祥呈凤岭龙湾”楹联和“乐育英才”匾额，反映了书院的办学宗旨。同治六年(公元 1867 年)书院毁于兵火，十一年重建。光绪二年(公元 1876 年)增设诗赋课，并注重义理、道德教育，讲学追求深邃。特别是名儒张瑚树执教主讲期间，雕山书院声望尤高。雕山书院在陕北所属的书院中，是办得较好的一所书院，地处州治，吸引了周围各县才子入院攻读，培养出一大批饱学之士。民国十二年（公元 1923 年）春，在陕北旅京学生李子洲等人的倡议下，在雕山书院成立了陕西省第四师范学校（简称“四师”）。李子洲出任校长，聘任进步知识分子任教，改革教育制度，推行民主办学，开展党建工作，使雕山书院掀开崭新一页。四师创建以来，为国家特别是陕北地区培养了大批优秀人才。

如今，我终于能理解，为什么有那么多人为这座不起眼的小山包不惜笔墨写下华章。它见证了从传说时代开始五千年的中华文明史，它承载了绥德的过去与未来。从某种意义上讲，它是绥德人民的根脉，是绥德人民精神的象征。

我坐在院中的小石凳上，沐浴着阳光，吹着轻柔的风，说不出的惬意。我在想，如果我能拥有此间院落，每日读书写字，偶尔听风观雨，了此一生，足矣。

大岳屏藩藏智慧

一

至今我都无法相信，在黄土高原这个偏僻的山坳里，竟坐落着如此一座雄浑大气的庄园。整座庄园无处不雕、无处不琢，无论从选址还是格局，都具有极高的审美水准，被誉为“西北民居第一宅”。在2002年，中华民族博物院要建56个民族的代表性民居，姜氏庄园即被选作汉族民居建筑的代表。更加令我难以置信的是，如此这般审美高超的庄园，它的主人竟然是一个“土财主”。

我与姜氏庄园结缘于2010年的盛夏，在朋友组织的一次小型家庭聚会中结识了一位学建筑的朋友，他得知我来自陕北，于是和我聊起了关于陕北窑洞的话题。他告诉我窑洞是一种绿色环保的建筑，对于这样的理念我是第一次听闻，因为我对建筑可以说是一无所知。在那次的聊天中，我学到了不少关于窑洞民居方面的知识。也是在那次的聊天中，我知道了姜氏庄园的存在，也萌生了一睹姜氏庄园风采的想法。后来，他还送给我一本王军老师的专著《西北民居》。回家后，我认真地翻阅了这本书，凑巧的是在这本书中也有关于姜氏庄园的介绍和研究，这让我去姜氏庄园的心情更加急不可待。

二

出了米脂县城往东大约 15 公里，就到了姜氏庄园，因为有当地的朋友陪同，一路很是顺利。

当我们到达时，讲解员已经等在了写有“全国重点文物保护单位姜氏庄园”的碑刻前。她看到我们到来，微笑着上前和我们打招呼。我心中默默地赞叹，真是一个标致的姑娘，精致的五官，乌黑的秀发，尤其是那白皙的皮肤让同是女性的我艳羡不已。同行的朋友发出了赞叹：“‘米脂的婆姨、绥德的汉’真是名不虚传！”对于这样的赞美，她报以微笑。她告诉我们米脂的由来，“以其地有米脂水，沃壤宜粟，米汁淅之如脂”，说她的好皮肤缘于

庄园寨墙　艾克生 / 摄

家乡水土的滋养。对于米脂的由来，我早已知晓，但是从她的嘴里讲出来，却格外地入耳。

寒暄过后，开始正式参观。

眼前是一堵高墙，其实在刚下车的时候我就已经注意到了。远观，这堵墙像极了一座堡垒的屏障，巍峨壮观；近看，墙体高耸入云，在它面前，自己显得是那样渺小。据讲解员介绍，该墙体是庄园的寨墙，高度接近 10 米，如果我没有记错的话，西安城墙的高度是 12 米。只需一眼，你就能知道这堵寨墙是由大石块砌成，每一块石头都是精雕细琢而成。在工业化到来之前，修建这样的墙体集聚了大量的人力、财力资源。如果说这只是一个财主家的院墙，那真的是太不可思议了。据说姜氏庄园的修建耗粮近万石，食盐上万斤，动土逾万方，用石万千块，砖瓦木料则难以数计，可见其规模之大。这高墙垛口，如同城墙，一看便知是出于防御，寻常百姓人家是不需要的，当然，一般的富户也不具备修建的能力，而姜家却以此来保卫生命、财产的安全，足见其富裕程度。

沿着寨墙是一条石阶通道，通道两侧是石板铺成的步行石级，中间是以小石片竖插形成的石道，可供车马通行，亦可排雨泄洪。如此设计，具有生态环保的意义。据说，姜氏庄园在这 100 多年里，从未有过塌方、泥石流等自然灾害。我像个孩子一样沿着石级，用指尖触摸着寨墙的石块，聆听着讲解员的介绍，缓缓前行。

很快就到达了庄园的第一道寨门。寨门为拱形石洞，门额上方镶嵌于墙体的石板上从右至左大书“大岳屏藩”四字，字体遒劲且清丽。原来，这是出自清光绪年间庄园主人姜耀祖的手笔。据介绍，此四字中隐含了两代主人的名字，具体的解读我没有记得，但是却让我对姜家萌生了些许好感，急迫地想进入庄园探寻这高墙深院里的往昔流年。

庄园石阶通道　艾克生 / 摄

进入门洞，有阵阵凉风袭来，感觉很是舒爽。整个门洞天地四方之内均由石头铺陈，拱洞相连。我在想，如果我行走于一条时光隧道里，穿过隧道，是不是就可以到达 100 多年前的姜氏庄园？这个天马行空的想法竟然让我有了些许期待，几米处就是洞口了，我瞬间有点恍惚，那个石头铺陈的门洞突然变得华丽起来，穿过那个门洞，我会不会像爱丽丝一样进入一个神奇的世界？

三

走出门洞，我们才算真正进入姜氏庄园。爱丽丝梦游到达的仙境固然神奇，但那只是在梦中，而我们到达的却是真实的世界，是一孔与寨墙连为一体的井窑。进入井窑，首先看到的就是钱币图案的瓦窗，我心里嘀咕，不愧是财主，连窗户都如此别出心裁，做成钱币的模样。在墙角处有用于取水的手摇辘轳，莫名地想去摸一摸，如果能亲自体验一下取水的感觉就更好了，可惜井口被盖得严严实实。据说，这口井有 30 多米深，水质甘甜，虽然历经百年，但井下水源不断。水井旁边两个体量巨大的石槽吸引了我的目光，仔细观察，才发现这两个巨大的石槽是一个整体，做工极为精细。我感到很是疑惑，他们是怎么把这巨石放置在这里的？讲解员告诉我们，当年主人喊着号子，32 个工匠顺着风将这大石槽从山脚下抬了上来。我估计，抬这大石槽肯定也费了一番周折。与井相对处有两个石洞，据说是藏匿财宝的地方，一般人还真是很难想象出这井窑还兼具“保险柜”的功能，可谓费尽心思。仔细打量了四周，我发现这孔井窑更像是一个防御的碉堡。在石头墙上有瞭望的窗口，由此向外望去，周边的风吹草动一览无余，如若来敌，居高临下也可及时准备。

出了井窑就是下院的平台，这里视线极好，我这才发现刚刚参观的井窑更像是古代城墙上的马面，在此处扼守，可谓“一夫当关，万夫莫开”。我站立于寨墙平台的垛口边，向下张望，感到轻微地眩晕。闭上眼睛，顿时，脑海中风起云涌，我的身边站满了姜氏家丁，他们个个手持武器，随时准备战斗，寨墙下面黑压压的一片，我想看清来者何人，胳膊突然被人扯了一下，我猛然惊醒，原来自己又在做梦了。

等我回过神来，发现同伴们都已进入被称作“管家院”的下院。记得讲解员提到过，姜氏庄园依山构筑，有上、中、下三个院落，也就是说，我们刚看到的巍峨挺拔的寨墙、曲径通幽的门洞、奇特多元的井窑都只是序曲。

我将目光从山下收回，转身走到下院门口。透过门洞，我看见大家正在院子拍照留念，隐约听到同伴们发出赞叹的声调。我没有急迫地进入院中，因为眼前的大门吸引了我的目光。大门以水磨青砖的砖木结构砌筑，门额镶嵌有“大夫第”行楷木匾，大夫第是指士大夫的门第，区别于平民百姓的住宅，是一种身份的象征。整座大门如同一件艺术品，集石雕、木雕、砖雕于一体，雕刻内容丰富，有顶部的猫头滴水、五脊六兽，有“凤凰戏牡丹”的木雕雀替，有门额的“寿桃”门簪，有墀头砖雕的“福禄寿喜”，还有很多我叫不上名字的雕刻。门洞两侧的抱鼓石与“寿桃”门簪相对应，有“门当户对”之意。抱鼓石的鼓面上雕有“双龙戏珠”，边缘是一周圆点装饰。应该这样说，只要能看见的空间就有雕刻，可谓无处不雕。

当我进入院中，同伴们已经打算折返，为了迁就我，大家又多逗留了几分钟。我环视四周，发现整座院落有九间窑洞，正面

三间，两侧各三间，正面居住的是管家，两侧则是塾房和用人的住所，院门一侧是马棚和放置草料的小屋，马槽打磨的精致程度绝不亚于一件艺术品。我仔细观察，发现整座院落宽度大于深度，感觉很是敞亮。讲解员告诉我，这是陕北典型的“三三制”结构的窑洞四合院，其特点就是敞亮、通风、纳阳。本想多在院中逗留一会儿，看到等候我的同伴，实在过意不去。

出了院门，我们沿着院墙，穿过石砌涵洞，来到上院平台。在一堵高大的墙体前，我们做了短暂的停留，视觉上这堵墙和入门前的寨墙相似。果然，该墙名中院寨墙，高度达 10 米。奇特

庄园下院　艾克生 / 摄

的是该寨墙上也有寨门涵洞，门洞上方有“保障”二字。正当我疑惑之际，讲解员告诉我们，入口处的寨墙是保卫宅院，主要起防守作用，眼前的这堵寨墙具有“逃匿”和“反攻”的双重功能。我有一点明白了，这是做一种最坏的打算，一旦院落失守，可通过寨墙上的涵洞顺利转移至后山，此寨墙可形成反攻收复院落的屏障。我在想姜家费尽心思砌筑这一道道的防御屏障，肯定是出于必要。自古富商大户都是高墙深院，可姜家这般防御体系实属少见，他们要防御的到底是谁？隐约记得讲解员说过这座院落兴建于公元 1871 年，落成于公元 1886 年。1871 年是同治年间，我猛然想起了一个历史大事件——同治陕甘回乱。在榆林地区的方志里多次看到关于陕甘回乱的记载，时间从公元 1862 年一直持续到 1873 年，长达 12 年之久，也就是说姜氏庄园建造的头三

庄园中院　艾克生 / 摄

年是在此期间进行的。在一些方志里，民间老百姓口中关于回乱期间土匪横行的传闻颇多，有果必有因，姜氏庄园就是在这样的背景下建造而成的。如此，这一系列“夸张”的防御措施也就说得通了。

这次，跟随大伙的步伐没有掉队，但我还是走神了，我在搜寻记忆深处的历史事件时，讲解员说了什么，我完全没有听见。

眼前，是中院的大门，也是以水磨青砖的砖木结构砌筑，门额上书“武魁”，整座门庭有丰富的砖、木、石雕刻，图案众多。对于不懂建筑的我来说，感觉和下院的门庭具有相似性，只是图案略有不同，但能感受到主人的良苦用心。门内是水磨砖雕的影壁，圆形木门镶嵌于其中，木门可以自由开合。记得小时候家乡的老街巷道里，也有很多四合院，那时候年纪小，不懂得一进大门为什么会有一堵墙，总觉得那堵墙是冰冷的、多余的，而墙后面的世界却是神秘的。所以，和小伙伴捉迷藏的时候，总想着躲藏在影壁后面的院落中，感觉才不会被发现。而眼前的影壁，更像是一个工艺水平极高的屏风，既满足了私密空间的需要，又像是一件艺术品点缀了院落。整座影壁无处不雕，我看不懂那些雕刻的内涵，但我能看得出它们的精致，必定是出自能工巧匠之手。

进入院中，瞬间给人以舒适之感，厢房式结构的四合院院落，石板铺地，两侧各三间一体的大厢房，附小耳房，正面是通往上院的阶梯，阶梯两侧各有一孔小窑洞。据说，中院主要用于接待贵客和举办各种社交活动，我突然感觉姜家的品位属贵族而不是人们口中的大地主。整座院落的设计有一种流畅典雅的舒适，我突然想起了那句话，“建筑是凝固的音乐，音乐是流动的建筑”。

庄园全景 艾克生 / 摄

我坐在院中的小石凳上，沐浴着阳光，吹着轻柔的风，说不出的惬意。我在想，如果我能拥有此间院落，每日读书写字，偶尔听风观雨，了此一生，足矣。

四

由于上院主人没在，大门紧锁，我们没有办法观其真容，只能望着那极为考究的门楣连连赞叹。我有点不甘心，于是来到大门前，透过门缝向里窥探。那一瞬间，我突然有一种熟悉的感觉，一个小女孩儿去找同伴，同伴家的大门紧锁，小女孩趴在门缝上向里面张望，希望小伙伴能从院子里走出来，可惜，她并没有看到她的小伙伴，因为她的小伙伴已经搬离了那座宅子，而小女孩却认为他只是外出游玩，总有一天他会回来陪她玩耍，那个小女孩就是年幼时的我。后来，我便有了一个习惯，每次当我漫步于古镇、古村落遇见上锁的老房子，就会不由自主地透过门缝窥探，总觉得那里面藏着别样的景致和许多古老的秘密。

看我们意犹未尽，漂亮的讲解员带着我们登上院落西南方向的平台。站在这里，姜氏庄园全貌尽收眼底。这时，我才发现庄园的选址极佳，三面环山，一面临一条小溪。我不懂风水学，也不懂讲解员所说的“负阴抱阳”的理念，但是从小在黄土高原长大的我，知道这里的风沙肆虐，更知道这样的选址意味着什么。

我看到大家都在拍照留念，借此机会我又回到中院，想看看每一间屋子，再看看那些巧夺天工的雕刻。恰巧看到庄园的艾克生馆长在院子里的石桌上挥毫泼墨，待他停下，我们便聊了一会儿，得知艾馆长正在编写姜氏庄园的书稿，我突然感到一阵莫名的兴奋。这座大宅子藏了太多的智慧，而艾馆长的书，将是人们走近姜氏庄园、了解姜氏庄园的一把钥匙。

当我走到大门口，再次回头看向那尊雕像时，我感觉那分明就是英雄的模样。

闯王行宫忆闯王

去米脂看姜氏庄园的前一天，因为天色不早，就近选择去了李自成行宫。在购票进入行宫时，工作人员提醒，他们很快就要下班了，只有不足半个小时的时间可供我们参观，我们不由得加

李自成骑战马雕塑　乔雄波 / 摄

门楼　乔雄波 / 摄

快了脚下的步伐。

穿过古香古色的门楼进入行宫大院，不远处楼台叠峙，亭殿交错。我心中暗暗一惊，闯王称帝时间极其短暂，竟给自己建了如此气派的一座行宫？还来不及多问，同行的朋友便已经冲到了前面。他一边急匆匆地往前赶，一边告诉我这座行宫是闯王在西安建立大顺国之后，命其侄儿李过回乡祭祖时修建的。行宫内主要有捧圣楼、玉皇阁、启祥殿和兆庆宫等建筑，是国家 AAA 级景区。我却觉得这座行宫更像是一座庙宇，尤其是踏上通往行宫那一级级的台阶时，我真切地感觉到自己正在一座古刹间行走。我将心中的疑惑说了出来，同行的朋友立刻给我竖起了大拇指。他说，这座行宫就是当年李过在真武祖师庙的基础上扩建而成的，看来我的感觉是对的。

通往主体建筑的必经之路叫二天门，位于较高的石砌基座上，两侧设有耳房，中间为带有门楼的过道。由于时间关系，我们几乎是一口气走上石阶，通过一条向上的石拱道进入建筑的主体部分。环视四周，但见美轮美奂的玉皇阁、富丽堂皇的启祥殿、兆庆宫以及钟鼓二楼。穿过蓬莱仙境的牌楼便是李自成纪念馆，馆内展陈以文字（史料、文献）、图画为主，还有部分实物及李自成雕像。参观完李自成纪念馆之后，惊奇地发现这里还有一个“米脂婆姨史迹展”，同样是以文字、图片为主，展示了米脂婆姨为中华民族的解放事业和建设事业做出的贡献。对于“米脂婆姨”现象我有浓厚的兴趣，于是我将墙上的文字、图片拍成照片以后细细琢磨。廊道里还有数量不少的汉画像石，展陈较为随意。由于时间紧迫，为了不给别人增添麻烦，让景区工作人员能正常下

行宫一侧　乔雄波 / 摄

班，我们只是快速潦草地参观了一番。

返回时，在经过写有“大顺帝李自成将军”的那尊雕像时，我停住了脚步。抬头望着闯王马背上的雄姿，突然想起小时候，在家门口的那条巷子里，经常看到一群小男孩儿玩骑马打仗的游戏，他们会分演角色，领头的孩子扮演的肯定是李闯王的角色。那时虽是几岁的年纪，对历史一无所知，但从男孩子扮演闯王时的那种自豪与神气中，我便认定闯王是个了不起的大英雄。上大学后，读了《明史》，其中长达万言的《李自成传》，是《明史》诸传当中篇幅最长的传记。只是读完这篇传记之后，我的心头涌起一种难以言说的悲伤，史书将李自成定性为流寇，完全颠覆了我幼年时的认知。当时，我不明白的是，在民间，确切地说是在我的家乡，他们认为李自成是农民起义的领袖，是大英雄，很多

行宫外景　乔雄波 / 摄

人甚至会为他没有坐拥天下而感到惋惜。正史与民间传说为何这般相去甚远？

中国自古就有“成王败寇”的说法，这不是一个简单的成语，而历史都是由胜利者书写的。《明史》乃清廷所修，是人所为，那就会有政治立场，就不存在绝对的客观。尤其是《明史》中关于李自成进入北京城的记载，说其贪图享乐，军纪政纪败坏，《明史》原文将李自成的军队描述得如同魔鬼。一直以来，我都认为《明史》中关于李自成的记载有一定的偏差。李自成出身贫苦，也深知战乱中百姓的疾苦，他曾提出“剿兵安民”“三年不征，一民不杀”等口号，因此受到广大百姓的拥护。就连《明史》都说他“不好酒色，脱粟粗粝，与其下共甘苦”。试想，这样一个人怎么可能会在进入北京城时烧杀抢掠？再者说，李自成在攻破北京之前，也曾攻陷襄阳等富庶的大城市，并没有军纪败坏的情况出现，为什么北京是特例？这不得不令人深思。反之，李自成若是土匪流寇，祸害百姓，又怎么会有那么多人跟随，民间为何又留下那么多佳话？或许，这一切都是因为他追赃筹款、拷问官吏，触犯了当时贵族阶层的利益，加之后来统治者的政治需求，所以他成了正史中的流寇、民间的闯王。我们都知道，历史的存在是客观的，可记载历史的人却是有立场的。

当我走到大门口，再次回头看向那尊雕像时，我感觉那分明就是英雄的模样。

我终于明白，“米脂婆姨”这种文化现象所体现的更多的是一种精神，从古至今，从内到外，米脂婆姨传承的是一种优秀的基因。

走进米脂看婆姨

“米脂的婆姨、绥德的汉”这句俗语早已名扬中华，尤其是在北方，连孩童都知道。我经常在思考，同属榆林管辖的12个区县，都生活在这莽莽黄土高原，为什么只有米脂的婆姨会誉满神州？为什么有那么多的文人墨客在她们身上不惜笔墨？带着这些疑问，我一次又一次来到这个坐落于黄土高原上的小城——米脂，用自己踏实的脚步、诚实的目光和一颗虔诚的心来寻找答案。

一

很多人说米脂自古出美女，其中尤以三国时期的貂蝉最负盛名。据历史文献记载，东汉末年是我国历史上最多灾多难的一个时代，政府腐败、军阀混战、灾荒频仍，尤其是骇人听闻的大瘟疫，使得整个中原地区出现了大面积荒无人烟的情形。曹植在《说疫气》中描述了当时的惨状：“家家有伏尸之痛，室室有号气之哀，或阖门而殪，或覆族而丧。”著名的“建安七子”在那场大瘟疫中就有四人染疾而亡。在漫长的疫病流行期间，当时著名医学家张仲景的家族人口死亡人数占到家族总人数的2/3，他在总结治疗疫病的基础上，写出了千古名著《伤寒杂病论》。就连一代枭雄曹操路过洛阳城时，看到眼前颓败荒芜的景象，都伤感地写下了那首著名的《蒿里行》：

关东有义士，兴兵讨群凶。
初期会盟津，乃心在咸阳。
军合力不齐，踌躇而雁行。
势利使人争，嗣还自相戕。
淮南弟称号，刻玺于北方。
铠甲生虮虱，万姓以死亡。
白骨露于野，千里无鸡鸣。
生民百遗一，念之断人肠。

据说，就是在那次大瘟疫中，河东并州郡九原县（今山西省忻州市附近）一刁姓大户为了躲避瘟疫，西渡黄河，举家搬迁至上郡奢延水畔（今无定河）距米脂县城不远的地方。刁家到达米脂不久，刁夫人就诞下一女婴，当时正值盛夏，窑洞外知了的叫声此起彼伏，于是就取名刁蝉。刁蝉渐渐长大，出落成了美丽的大姑娘。可是好景不长，刁员外英年早逝，只剩下了刁夫人和刁蝉。一些放浪之人早已觊觎刁蝉的美貌，只因畏惧刁员外，才未敢轻举妄动。刁员外深知女儿的容貌会为她招致祸端，在他临死之前，他就为妻女做好了安排，告知她们在他死后立即动身前往洛阳投奔乡党司徒王允，刁、王两家为世交，定会给予帮助。

刁夫人为了女儿的安全，故意将刁蝉装扮得丑陋。她们母女二人历经千辛万苦，在快要到达洛阳城时，刁夫人因为疲劳过度加上感染风寒，不治而亡。刁蝉伏在母亲身上哭了很久，想到她在这个世上再无亲人，便想一死了之。可是，她转念一想，母亲是为了护送她才会劳累至死，父亲的遗愿就是要她来洛阳好好活下去。于是，她忍住悲痛，继续赶往洛阳。到了洛阳，刁蝉傻了，在偌大的洛阳城里找一个人，无疑是大海捞针，太难了。随后又想，父亲要她找的是王允，是个大官，根据这个思路，她很快找到了王允的府邸。此时的刁蝉，落魄得像个叫花子，看门人根本不给她说话的机会，她只能将父亲的书信递给看门人，求他帮忙转交给王允。

不一会儿，看门人出来将她带到王允的面前，王允看到蓬头垢面的刁蝉，吩咐下人带她洗漱更衣。而后，王允前往花园与幕

貂蝉

僚们商谈国事，由于公务繁忙，他早把刁蝉的事情抛之脑后。刁蝉梳洗穿戴整齐后如同清水芙蓉，婢女们望着她个个瞠目结舌，她们从未见过如此漂亮的人儿。由于父母的相继离世，刁蝉的脸上总带着悲伤忧郁的神情，这使得她身上有一种不食人间烟火的仙气，美得夺人心魄。婢女们早已忘记了主人谈事时不能打搅的规矩，带着刁蝉前去花园见王允。王允正要发火，看到人群中的刁蝉，竟一时语塞，此时月亮正好隐入云层，不知是哪个幕僚说了一句，“月宫中的嫦娥见了此女自愧不如躲了起来”。从此，刁蝉闭月的美貌传为千古佳话。而刁蝉的“刁”字不知在什么时候也演变成“貂”，是为貂蝉。

距米脂城不远的地方，至今还有貂蝉洞，为此，我专门前去一看究竟。貂蝉洞坐落在杜家石沟乡艾好湾村北山顶之上，说是

貂蝉洞　乔雄波 / 摄

山顶，其实到达山顶之后才发现还要下到一个谷底，才是貂蝉洞所在地。这个小山坳和黄土高原上别的山坳没有什么不同，只是在山坳里有一个人工穿凿而成的山洞，山洞斜下穿入，深不可测。走访了当地好多百姓，他们并不知道这个洞开凿于何时，只是祖祖辈辈叫它貂蝉洞，据说这个洞可以通到黄河边上……

二

我问过很多人米脂婆姨为什么出名，他们总是告诉我米脂婆姨漂亮，是中国古代四大美女之一貂蝉的故里。貂蝉只是一个传说，她存在的真实性一直都被质疑，若如此，那古代四大美女故乡的女子都该如米脂婆姨般闻名了，可事实并非如此。也有人说，米脂古时属“华夷杂处”之地，聚集了匈奴人、鲜卑人、蒙古人，还有不少发配充军的江南人士，民族融合是米脂出美女的重要原因。民族融合利于优秀基因的传承，可是偌大的陕北大都处于“华夷杂处”之地，为什么没有“神木婆姨”或“府谷婆姨”或别的什么婆姨呢？米脂婆姨这一地理文化现象到底有着怎样的内涵？

关于米脂婆姨这一叫法，我做了大量的调查和考证，至今都没有一个确切的出处，也不清楚人们何时开始这样叫，偶然在好友张亚斌的《问道陕蒙》中看到，这样的叫法源于明朝末年。既然米脂婆姨有这么悠久的历史，那么，她们一定留下不少的故事。

我翻阅了大量资料，也去和当地的一些老者聊天，终于知道米脂婆姨这一文化现象有着深厚的历史渊源。貂蝉自不必多说，当地老少皆知，在他们的眼中貂蝉不仅貌美，更重要的是她舍生取义的精神。根据米脂出土的汉画像石按图索骥，发现这里的女子在古时并不依附于男性，而是承担着梳理家庭生活和社会秩序的重任，她们能歌善舞，聪慧干练。明末，闯王李自成的夫人高秀英率领义军，过黄河跨长江南征北战，屡建奇功，成为一代巾帼英雄。近现代米脂涌现出的“女中豪杰”也是数不胜数：有为坚持真理敢于同蒋介石唇枪舌剑的曹秀琴（杜聿明夫人）；有献身于民族解放事业，受到毛主席接见并誉之“夜明珠”的高敏珍；有创建陕北第一所女子学校——米脂女子学校的教育家高佩兰；有为革命事业英勇献身，芳名被载入南京雨花台革命纪念馆的杜焕卿；有 1949 年 10 月 1 日在殖民统治下的澳门，第一位升起五星红旗的濠江中学校长杜岚；有清华大学教授、毛主席纪念堂的建筑设计者高亦兰；有唐山大地震中，牺牲生命将消息第一时间送出去的女兵高东丽；还有一生收养 18 名孤儿，一一抚养成人的“伟大的母亲”汪润生……

20 世纪三四十年代，众多米脂女子“脚不缠，发不盘，剪个盖帽搞宣传，当上女兵翻大山，跟上部队上延安”。在沙家店战役前夕，米脂婆姨五天完成军需干粮 5 万斤、推面 2 万斤。抗美援朝期间，她们为志愿军缝制鞋垫、鞋子 1.36 万件。20 世纪 50 年代歌剧《白毛女》盛行期间，在全国文艺团体中因扮演“喜儿”而一举成名的米脂姑娘多达 27 名。

关于米脂婆姨的事迹太多太多，不论是个人还是集体，在此我没有办法面面俱到。我曾看到过一个资料，据统计，除去新中国成立后牺牲的烈士外，米脂婆姨任厅级以上领导的多达 120 余人，县处级领导 580 多人，各方面的专家、学者达百余名。

三

我认识的第一个米脂姑娘是我大学时的舍友，她没有让人惊艳的容貌，却也眉清目秀，让人感到很舒服。大学期间，她每天都起得很早，在操场的角落里背诵英语，在周末会率领全宿舍的女生大扫除，还会带全班女生为打篮球的男生当啦啦队，我一直都认为我们班的凝聚力源于她。更重要的是她还有两项绝活，不仅有能唱陕北民歌的天籁般的歌喉，还有一双能剪出形象生动的剪纸的巧手，让同是陕北人的我自惭形秽。有一次同宿舍的一个女生问我，为什么有那么多男生喜欢这个并不貌美的米脂姑娘？我就反问她喜不喜欢这个姑娘，她给了我肯定的回答，我说连女生都喜欢何况是男生，异性更相吸。当然这只是玩笑话。后来，认识了更多的米脂姑娘，有漂亮的，也有不漂亮的，但在她们身上都有这些共同点：热情且乐于助人，普遍会唱陕北民歌，能吃苦，善包容。

记得有一次和一个大爷聊天，我告诉他，自己在米脂街头走了一天也没看见一个美女。本来只是闲聊，没指望他说什么，没想到他的话匣子一下打开，从貂蝉讲到世界小姐大赛。其间，他提到一个很有意思的事情，说米脂号称“丈人县”，米脂婆姨一出名，好多女孩儿都嫁到了外地，年年岁岁，岁岁年年，米脂美女就越来越少了。当我追问嫁给“绥德汉”的多不多时，他告诉我有很多，还告诉我他的女儿也嫁到了绥德。

当地的朋友告诉我，政府在积极打造“米脂婆姨”这个具有标志性的品牌，米脂婆姨也在与时俱进，创办米脂女子家政学校，兴办服装厂 200 余家，当地人称“八千婆姨闹服装，两万婆姨闯商海”。我突然觉得米脂婆姨的本质就是优秀，“米脂婆姨”更是优秀女性的代名词。米脂婆姨的美名其实并不像别地美女那般因容貌而出名，只有你用心体会，与她们相处，才能感受到她们的魅力。我慢悠悠地在米脂街头闲逛，发现很多做生意的都是女性，她们干练而热情，她们没有文人笔下娇俏的脸庞，却实实地给人以生活之美、劳动之美。

我终于明白，“米脂婆姨”这种文化现象所体现的更多的是一种精神，从古至今，从内到外，米脂婆姨传承的是一种优秀的基因。

这里是秦晋大峡谷的一颗明珠，虽不够宏大，但足够耀眼。千年石城高高在上，万里黄河滚滚流淌，仅是闭上眼睛想一想，就令人震颤，这就是吴堡石城。

千年石城

这是我第二次来到吴堡，一边是山峦，一边是黄河，人们就生活在山水相依的峡谷地带。穿过城区，一路向北，不多时就从主路进入蜿蜒陡峭的盘山路。在那短暂的路途里，我想起了第一次来到这里时的情形，那是一个暮秋的傍晚，天气有一点阴冷，同行的几人之前都未曾来过吴堡，大家误打误撞来到石城。我忘记了那次石城行的细节，但我至今都记得那天石城给我的感受，破败、荒凉、寒冷。当我在记忆中搜寻石城的模样时，还未来得及欣赏窗外的风景，车子就停在了一处沧桑残破的门洞前。

这里是秦晋大峡谷的一颗明珠，虽不够宏大，但足够耀眼。千年石城高高在上，万里黄河滚滚流淌，仅是闭上眼睛想一想，就令人震颤，这就是吴堡石城。

此行，我提前做足了准备，并且有当地朋友陪同，一路都有人为我们介绍吴堡石城。道路两侧有不少的枣树，枝头上的枣子已经开始泛红，大伙不由自主伸出手摘来吃。枣子虽然没有红透，但口感脆甜，大家吃得津津有味。在一处临时设立的宣传栏前，我们做了短暂停留，朋友为我们介绍了吴堡石城的概况。吴堡石城始建年代至今难以考证，据《宋史》记载，太平兴国元年（公元 976 年），北宋定难军节度使李克睿率兵攻破北汉吴堡寨，“斩首七百余级，获牛羊千计，俘寨主侯遇以献”。由此可见，早在 1000 多年前吴堡石城已颇具规模，看来千年石城的说法乃实至名归。眼前残破的门洞是吴堡石城的南门，从形制可看出这里还建有瓮城，门洞连接的是石墙。我特意走近石墙，用手触摸那历经沧桑的砖石，遥想在冷兵器时代，它们抵挡过多少侵扰。在陕北，素有“铜吴堡，铁葭州，生铁铸的绥德州”之说。当然，这里的铜铁并非是指这些地方盛产矿藏，而是这些城池固若金汤，吴堡又居首，足可见其防御水平。

我们穿过门洞进入石城，道路两侧高出的台地上种满了枣树，地上长满了野草，看上去像是荒芜了很久。朋友带我们从南门里的土坡上来到城墙顶部，在南门和东城墙的连接处，据说曾有魁星楼一座，是砖木结构的三层小楼。在我国很多地方都建有魁星楼或魁星阁，是为儒士学子心目中主宰文章兴衰的神魁星而建。古时，读书人在魁星楼拜魁星，祈求在科举中榜上有名。当然，

石城城墙　张永强 / 摄

这里的魁星楼模样我只能脑补，因为它早已沦为废墟。

这真是一个极好的时节，初秋，清晨，我们漫步于雾气朦胧中的千年古城，那种感觉棒极了。我们一直沿着东面城墙缓缓前行，脚下是孕育中华文明的滔滔黄河水，她以奔流到海不复回的磅礴气势流向远方。恍然间，我们一行像是千年以前守城的将士，正在沿着城墙进行日常巡逻。我甚至在想，如果发现敌情，我是该吹响号角还是敲响铜锣。再看看脚下陡峭的山崖，我稍稍松了一口气，即使敌人已经兵临城下，我们快速集结兵力，依靠地形优势，亦可胜券在握。史书里并没有记载李克睿是如何攻破了这座号称“铜疙瘩”的石城，我猜测或许是守城将士的掉以轻心才会使对方有机可乘吧。

沿着城墙走了一圈，我已深感何以谓之“铜炅堡”，整座石城位于石山之巅：东面悬崖峭壁，滚滚黄河；西面沟壑天堑，山势陡峭；北面咽喉狭道，一夫当关；南面地势险要，窄道相连。在冷兵器时代，这里的确像个“铜疙瘩”，难以被攻破。可是，这个昔日难以攻破的“铜疙瘩”在抗日战争时期却受到日本侵略者那飞机大炮的毁灭性破坏。如今，这里蒿草丛生，废墟遍地，禁不住让人有些许伤感。

雪中石城　宋增进 / 摄

朋友说吴堡石城有“华夏第一石城”的美誉，中国古建多以砖木结构为主，像吴堡石城这样以石为主，实属罕见。的确，我们今天所到之处，不论是官邸还是寻常人家，不论是庙堂还是街市，那一屋一院一墙均由石头建造。古人因地制宜，就地取材的建筑理念，与天地自然融为一体。当然，由于地域限制，对于当时的人们来说，这也是最无奈的选择。放在今天，这或许是最环保的建筑。我对石头有着一种特殊的情感，近年来，由于石峁遗址的发掘，我对陕北史前石城也做了浅显的研究。人类文明开始于石器时代，那看似冰冷的石头，却书写着祖先的历史。吴堡石城里的遗存也从新石器时代的石斧陶鬲到明清时期的石窑碑刻，在这座古老的城池里处处皆石，石头上不仅镌刻着历史，还延续着祖先的精魂。

在距石城北门不远的地方，有一处院落门上挂着“石城接待站”的牌子。未进门，朋友就告诉我在这个院子里住着两位老人，他们是这座古城里唯一的一户人家，被誉为“石城的最后守护者”。听到“老人”“石城的最后守护者”这些字眼，我的心中涌起一阵热流温暖了全身。进入院中，朋友和两位老人熟络地打着招呼，看样子，他们更像是朋友。这是一处具有明清风格的窑洞四合院，这里的干净整洁与古城别处的乱石蒿草形成强烈的对比。那一刻，我感受到生命的活力与温度，就像慕生树老师说的，他们为石城留住了一缕炊烟。或许，我刚刚那种莫名的温暖就源于那一缕炊

石城一角　刘磊 / 摄

烟吧。我和年过八旬的王象贤老人聊了几句，从他的话语中得知，他对于现在的生活很满意，不论是活着还是老去，他想永远留在这座千年古城里。看着眼前这对头发花白的老人，我竟然想起了童话里王子和公主的幸福人生。

从老人家里出来，雾气已经散去，石城的景象更加清晰，朋友如数家珍般的给我讲述着石城的前世今生。经过一个名叫“涝池”的地方，我看到的其实是一个土坑，这里过去是城里老百姓洗衣服、挑水浇菜园的地方。据说每逢下雨，坑中的积水里就有许多蚌类生物出现。朋友说这是石城的一个未解之谜，城里的百姓都认为蚌类生物应该生活在海洋里。其实很多蚌类生物是生活在河、湖、沼泽里的，和大海没有什么关系。

这座石城面积不算大，仅有 10 万平方米，但从南宋宝庆二年（公元 1226 年）撤寨设县一直到民国二十五年（公元 1936 年），吴堡石城拥有 700 多年作为县城的历史。元、明、清几个朝代都曾不同程度对石城进行扩建与维修。在清乾隆年间，吴堡知县倪祥林对石城做了最后一次大规模的维修，基本就是我们今天所看到的形制。古城占据整个山巅，不似别处那般规矩方正，犹如一枚大印将山头封住，有着庙宇般的神圣。说起庙宇，我才惊觉在这座千年小城里，竟有十几座，就在刚刚，我经过了娘娘庙、城隍庙、文昌庙、衙神庙，尤其是枕头窑洞的衙神庙里东西两侧墙壁上的彩绘壁画，至今颜色鲜艳，据说壁画内容是萧何曹参出巡图，遗憾的是朋友也不知道这些壁画作于何时。中国具有悠久的宗教文化历史，古时的民众缺乏科学知识，他们在生活上遇到变故和挫折，往往诉诸命运，为了寻求精神寄托，祈福纳祥，消灾解厄，于是祈求神明庇佑。其实在今天也一样，敬拜神明这一古老的习俗依然存在，就像我家巷子口王大爷说的，求神拜佛是最无奈的选择。

不知不觉我们已走过了昔日繁华的“商业街”，那是一排主体结构保存完好的石窑，也领略了昔日县衙的庄严，还看到豪华考究的王思故居，又在兴文书院和女校驻足，闭眼聆听昔日的琅琅书声。一直以来，我不解著名画家刘文西老师为什么一次又一次来到这座破落的石城，尤其是近年来通信媒体的发达，吸引了更多的艺术家前来采风，吸引他们的到底是什么？有人说部分艺术家都是从古代穿越而来，在他们的身体里残留着古老的基因，所以，他们总是喜欢古老的东西，当然，这只是一个富有想象力的浪漫说法。刘文西老师说，他的艺术灵感都来自这里，其实，艺术家有异于常人的审美。在这座古城里不仅有延续的历史，还有岁月积淀的美学，一种未经世俗浸染过的直接性的遗留，你可以当作一个旁观者去审视，也可融入其中感受现代化喧嚣之外的慢时光。

一路上为我们介绍石城的是一个漂亮的吴堡姑娘，她的普通话绝对是播音员的水准，这和吴堡方言有着极大的反差。我一直很疑惑，同是陕北人为什么吴堡话我一句都听不懂，就连刚刚和王象贤老人的对话，必须有人翻译我才能明白。说他们是陕北人，那是区域上的划分，就语言而言，用狄马老师的话说，在陕北，吴堡就是一座“语言孤岛”。听说，吴堡的学者专程前往江苏镇江一代寻根，事实证明，吴堡话和镇江方言相近，他们彼此完全可以用方言无障碍交流。

在石城之行即将结束之时，大家一起闲聊，我才知道为我们一路讲解的姑娘大学读的是播音主持，因为眷恋家乡的山山水水，在外工作了几年，毅然返回家乡。她说的一句话深深地感动了我：“如果从家乡出去的人再也不回来的话，这个地方就没有希望了，我再也不走了。”

现在的人总喜欢说“情怀”，可真正将“情怀”二字践行于实践当中的又有多少，我倒是觉得王象贤夫妇和这个姑娘才称得上是真正有情怀的人。

眼前的吴堡石城是它繁华退却的模样，到处是乱石、杂草和废墟。历经浮沉的千年古城，沧桑却不哀伤。也因为那对老人和这个姑娘，我感受到了石城残留的余温。

晚唐诗人陈陶的那首《陇西行》——“可怜无定河边骨，犹是春闺梦里人”，为无定河奠定了苍凉而悲壮的基调。有人说无定河像是一首倔强而高亢的信天游，这个譬喻很形象。

从接引到波罗

一

在近年来的行走当中，无定河流域是我最钟情的地方。晚唐诗人陈陶的那首《陇西行》——“可怜无定河边骨，犹是春闺梦里人”，为无定河奠定了苍凉而悲壮的基调。有人说无定河像是一首倔强而高亢的信天游，这个譬喻很形象。陕北的信天游唱出了陕北人的喜怒哀乐，也唱出了陕北人对命运的抗争精神。而无定河源于干旱的白于山，吹着鄂尔多斯高原的寒风，穿过长城，流经沙漠，越过沟壑，汇入黄河。这的确像极了一首高亢而悲壮的陕北信天游。

今天，我又来到了无定河畔，此次，目的明确，就是为了找寻在《横山县志》上曾看到的古寺与古堡。古寺名曰“接引寺”，古堡称为“波罗堡”。

我深知自己看到古遗迹和自然美景时的那种贪婪，所以起了个大早，让自己有足够的时间去了解和感受它们。

从榆林出发到达波罗镇还不到七点，我自认为已经是够早了，可一进波罗镇，我被眼前热闹的街景弄蒙了，在那一刻，我甚至怀疑自己是不是把时间看错了。原来，今天逢集，周边村子里的乡亲都来赶集。乡亲们以路为市，在公路两边摆满了交易的物品，除了服装、日用品，还有好大一部分是乡亲们自己种的粮食、蔬菜，以及关在笼子里的家禽。我们的车子缓慢地行驶在被集市占道后狭窄的公路上，走走停停，我借机欣赏着道路两旁集市上丰富的货物。

在堵车的空隙，我从一个老大娘的手中买了一双手工绣制的鞋垫，色彩艳丽，针脚细密，绝对称得上是艺术品。如此精美之物，无论如何我也舍不得将其踩在脚下，要好好珍藏。提及艺术，大多数人首先想到的是艺术大师们的作品，如罗丹的雕塑、达·芬奇的绘画、贝多芬的音乐等等。好的艺术源于自然与生活，不同阶层有不同的艺术创造与审美。家乡人民在这片黄土地上，在辛勤的劳动中，创造出了别样的民间艺术，有史诗般的信天游，有沟壑梁峁间悠扬的唢呐声，有窗棂上的剪纸，还有石头上的雕刻等等。这种集体创作的艺术，地域间的文化，代表着更为大众的审美视角，具有哲学上的普遍性。相比而言，大师们的艺术高高在上，虽然精美绝伦，但不具有普遍性，只有少数人才能享受得到。老大娘这双一针一线缝制的鞋垫，就是我陕北普罗大众审美的典范。

二

车子穿过集市之后，行驶不到两分钟，就看到路边依山而建的一处古建筑群。仔细一看，古香古色的门楼正中大书“接引寺”，原来，这竟是此行的目的地之一，瞬间有一种得来全不费工夫之感。

接引寺全景　王宝军 / 摄

站在门口，我仔细打量着这处古建筑群。它依山就势，错落有致，与周边的自然环境衔接得恰到好处。我习惯于去任何一个地方前，先查阅与之相关的信息，以备不时之需。面前的这处古建筑群，我也稍有了解，曾经托当地的朋友找了大量关于这里的资料。所以，今日一见，自有相识之感。

望着门楼上那副金光闪闪的楹联，我恍若进入梦中，眼前的一切都消失了，只见一位身着袈裟、手持锡杖的僧人不急不忙地行走在无定河畔。走着走着，他突然停住了脚步，盯着不远处的山崖，我跟随他的目光来到黄云山石崖，看到金光闪闪，似有佛光在跃动。回头望去，僧人也笼罩在一片祥和的佛光之中，他手中的锡杖被照耀得晶莹剔透。

当我回过神来，看到同行的友人正在忘我地欣赏位于台阶中间的“龙壁”，他还不停地自言自语，大概意思是赞叹雕刻者的技艺。

随后，我们从右侧的门洞进入寺院。不知是何原因，院内没有香客，四边的砖缝里偶有蒿草生长，略显凄凉。整座寺院依山而建，台阶将一座座院落相连，规整而精妙。从寺院的情况来看，这里已将儒道佛相互糅合、相互渗透，用世俗能理解的方式和需求来呈现。

我无意中和朋友提及刚刚那个恍惚梦境，他开玩笑说我有慧根。后来我明白了，也许是因为看过太多关于这座庙宇的资料，爱幻想的毛病就犯了。据史料记载，唐太宗贞观二十二年（公元 648 年），长安兴教寺智远长老云游至朔方，在无定河南岸黄云山石崖，看到佛光，于是，发愿依山建寺，普度众生，并取名“波罗寺”。也就是这一年，王玄策出使印度带回了大量经卷，玄奘西方取经归来三年，《大唐西域记》早已成书。唐玄宗开元十七年（公元 729 年），一位天竺僧人云游至波罗寺，将寺改建，增辟石窟，塑造佛像，修建大殿，称为“石佛寺”。历经宋、元、明、清不断修葺，形成一片建筑群落。清康熙二十年（公元 1681 年），圣祖亲征噶尔丹部，路经石佛寺，御笔题书赐名“接引寺”悬于庙门。

三

不知不觉中，我们已行至寺院的最高一层，这里视野开阔，能看到缓缓流淌的无定河。

按如今的行进路线，这里是最后一处庙宇，可事实上，这里是智远长老依山创建波罗寺的基点。正中大殿供奉的正是阿弥陀佛，据佛经记载，阿弥陀佛又称接引佛，释迦牟尼曾多次宣讲阿弥陀佛的念佛法门，要求“信、愿、行”具足，不分利根、纯根，人人皆可证果。阿弥陀佛曾发愿，不管根性高下，只要念佛，必将成佛。这让我想到了佛教中经常说的“回头是岸”，不论你是谁，干过什么，只要你愿意悔改，佛祖都可以原谅，我把它理解为一种宗教包容性。

眼前的这座阿弥陀佛造像，是一尊天然形成的石佛，只有足部是人为雕刻。望着这尊大佛，我猜想，当年智远长老看见的佛光是不是就出现在这里，而这一切难道都是佛祖在冥冥之中的一种指引？

古时这里地处边塞，战争频仍，“可怜无定河边骨，犹是春闺梦里人”这两句诗就是最好的写照。史载，西夏开国皇帝李元昊未称帝之前，驻兵无定河，遇到节日都要来寺内焚香祈祷。称帝之后，他集合西夏国各地高僧演绎经文，宣扬佛法，并将佛经翻译为西夏文。李元昊死后，其子李谅祚继位，遵父遗嘱亲自前

天然石佛　王宝军 / 摄

来上香。宗教总是有一种无形的力量，让人产生敬畏，让那些贵为王侯将相的人自愿前来低下头颅，焚香膜拜，变得虔诚。或许，是因为他们的杀伐太重，害怕因果轮回才来敬拜佛祖。这让我不禁想起了莫高窟，在莫高窟的周边各方政治势力频繁交替、取代，战场上打得是你死我活，即使这样，各方势力却都愿意为莫高窟做一点事情。有敬畏之心，就没有完全泯灭人性。为宗教做事，或许就是为了减轻人世间的种种罪责，而他们都愿意相信佛家所谓的“回头是岸”。

四

从接引寺出来，我们开车前往下一个目的地——波罗古堡。其实它们相距并不远，如果步行的话，从接引寺出来抄近道，很快也可到达古堡。

在这短暂的行程当中，我的大脑陷入一个怪圈，几乎忘记了周遭的一切，只是反复默念着“从接引到波罗……”。

当同伴提醒我下车的时候，才发现自己走神了。不觉间，我们已经到达了古堡南门，这座门楼是近年来在旧址上复建的，虽没有沧桑之感，但古朴大气，不失壮观。穿过门楼，进入瓮城，同伴突然大喊“关闭城门，瓮中捉鳖！”，我被他逗乐了。仰头望了望，墙体很高，一旦关了城门形成瓮中捉鳖之势，只有死路一条。瓮城是古代城市主要防御设施之一，属于城墙的一部分。据考古发掘，目前我国发现最早的瓮城是距今 4300 年的石峁遗址，这是因为战争催生的一种城防设施。朋友看我又有发呆之势，开玩笑地催促我“快速撤离，小心被捉”。

进入古堡，瞬间给人以古老、苍凉、残破之感，虽然和外界只有一墙之隔，但完全像是进入了另外一个世界。据史料记载，现存古堡建于明正统元年（公元 1436 年），是明代边墙上的军事营堡。漫步于古老的街道，满目的残破与荒芜，恍若穿越。透过街道两侧残留的店铺，依稀可见当日的繁华。那屋檐上的瓦当，是当时人们遗落的讲究。走进残破的四合院，只要你轻轻地闭上眼睛，就能看到四合院主人往昔的风采。古堡内的游人很少，只听到风声和偶尔传来的犬吠，我用心感受着这座历经 500 多年风

波罗古堡远景　王宝军 / 摄

雨的古堡。

不知不觉，我们已走到古堡的边缘，视线变得极好，周边一览无余。望着脚下缓缓流淌的无定河，脑海中顿时风云变幻。地处边塞的波罗镇，是兵家必争的军事要塞，在历朝历代经历了太多的血雨腥风，人们生活的困苦可想而知。从史料来看，波罗古堡因寺得名，这里自古就是宗教圣地，仅堡内就有庙宇 20 多座。刚默念的“从接引到波罗”此刻又萦绕于耳际，“波罗”是梵语音译，意为“彼岸”，“彼岸”对应的是“此岸”，也许是因为

波罗域境　王宝军 / 摄

人们生活得太困苦，只能寄希望于宗教的接引，从而到达极乐的彼岸世界。看来这里庙宇繁多的背后，不仅有人们对美好生活的渴求，更多的是人们面对天灾人祸时的无奈。

我们继续在堡内游走，无意之中，看到不远处的一座佛塔，这座佛塔给人以似曾相识的感觉。我努力在记忆深处搜寻，这座塔应该叫作"凌霄塔"，在我阅读的波罗史料里有关于它的记载。如果我没记错的话，在距凌霄塔北面不远的地方还有一座"卧佛寺"，可惜，我们没有找到这座寺庙。

古堡落日　王宝军／摄

此刻，我们都有倦意，打算休息片刻，再继续未完的行程。我们面向无定河而坐，朋友突然发出了“可怜无定河边骨，犹是春闺梦里人”的喟叹。他问我无定河是不是也曾被血液染成红色，我只是告诉他，红色代表的不只是鲜血，还有希望，至于这河水，也同样具备“水利万物而不争”的品格，不论你是好人还是强盗，它都给予无尽濡养。

我知道自己答非所问了，因为我没有更好的回答。

我发现白云山上的神灵多得让人目不暇接。“有求必应”成了一切神灵的价值所在，就如我刚刚看到的财神庙的香火明显比别的庙堂要旺盛许多。

虔诚的旅行

我习惯于把自己的行走用手中这支钢笔记录下来，几乎每次当我展开笔记本拿起钢笔时，虽不能说思如泉涌，但总能写下只言片语。可从白云山归来，我拿着钢笔对着空白的笔记本足足有两个小时，却始终没有写下一个字。于是，我决定暂时放弃记录白云山的计划，先干别的事情。事实证明，我的决定是明智的。当我们的思绪进入一个死胡同，事情便不会有任何的发展，试着暂时搁置，也许会有更好的出路。所以，当我们这条路走不通的时候，试着换另外一条或许同样可以到达终点。

一日，我无意中在荧屏上看到一幕朝圣的场景，恍然大悟，原来，虽然我没有宗教信仰，但在潜意识里始终有一颗敬畏之心，白云山乃道教圣地，宗教的神圣岂容我随意乱写。于是我知道自己记录的方向是一次虔诚的旅行，而非探讨深刻的宗教问题。

我们沿着新开通的神（木）佳（县）高速，大约两个小时就到达了白云山。白云山位于陕北佳县城南5公里的黄河之滨，因山上建有古迹白云观，山下黄河峡谷风貌奇异而闻名遐迩。白云山古称双龙岭，后因终年白云缭绕而称白云山，其观因“山门无锁白云封”而名白云观。白云观始建于宋代，主建于明清。据《佳县志》记载，明万历三十三年（公元1605年），终南山道士李玉凤云游四方，来到白云山，观其山奇水秀，便结庐而居，采药治病，设化教人，普济众生。因他医德高尚，医术精湛，名扬四方，被百姓尊为玉凤真人。白云观就是在玉凤真人以及榆林总兵张臣和山主牛登第的主持下开始修建的。在玉凤真人到达白云山13年之后，也就是明万历四十六年（公元1618年），白云山的命运有了转折性的改变，崇信道教的神宗朱翊钧给白云山颁施圣旨一道，亲赐道教经典《道藏》4726卷，从此白云山名声大振。之后，当地开始大兴土木，营造道观。后经历代续建补葺，建成以道为主，兼有儒、释庙宇共54座，各类建筑108处，占地200余亩的宏大宫观，成为全国著名的道教圣地，被誉为西部神山，也是当今西北地区最大的明清古建筑群。

其实，多年前我曾来过白云山，那时的交通不像如今这么便捷。当车子停下时，我发现自己已经到达了白云山腹地。在白云山东南脚下有一处巍峨的山门，两侧有两只石雕雄狮，那一阶一阶漫长的神道，从山脚到山顶，越走越陡，宛若天梯。我早已忘记那年来时自己在神道上走了多久，只记得当时每个人都是大汗淋漓，中途停下休息了好几次。我向大家说起当年的情形，同伴告诉我神道依旧是步行登山的必经之路，虽然修通了直达山顶的公路，但一些信徒仍旧选择从神道上山，他们认为这是对神的敬意，只有一步一步登阶而上，才能显示自己的虔诚之心，从而更大限度获得神灵的庇佑。

我有一点点的沮丧，倒不是因为担心直达山顶得不到神灵的庇佑，而是遗憾这一次我们失去了步行登山时的那种疲累的感受和期待登上山顶的喜悦。当然得失相依，我们失去某种感受的同时却大大地节约了时间，减少了疲惫。不过，我总是觉得来到白云山不走神道是一种缺憾。

白云山

从停车场出来，一对巨大的石狮自然地将停车场与景区分离。一边是卖香火和土产的小贩，往前走不远，是一处清幽的院落，门口的牌匾上写着“道德讲堂”，墙壁上张贴着身穿道袍的教职人员的照片。我进入院中，方才知道这是教职人员的居所，一排整齐的石窑向阳而建。我闭上眼睛扬起头，让阳光直射脸庞，那一刻我感受到瞳孔里色彩斑斓的光圈，如同年少时面对万花筒的光芒。如果此刻手捧一杯温热的奶茶，那该是一件多么幸福的事情。当然，冬日的阳光总是格外的温暖，还有心爱的人儿陪在身边，已然是幸福满满。

从小院出来，穿过一条石头铺陈的斜坡，我们来到白云观主殿真武大殿，不禁又想起多年前的那次白云山之行，记得我们走

白云山

了很久才来到这里。整座大殿由正殿及其两厢配殿、钟鼓二楼，还有正殿对面的戏楼组成一个别致的四合院。院内，阁楼高耸、古柏参天、石狮雄壮、紫烟袅袅，络绎不绝的香客进进出出。鼓楼下方的一块花岗岩纪念碑吸引了我的目光，早在 1947 年 10 月期间，毛泽东转战陕北来到佳县时，曾两次登上白云山。当时正值金秋，恰逢庙会，毛主席在时任中共佳县县委书记张俊贤的陪同下，兴致勃勃地步入人群，览古迹、赏名胜、逛庙会、看社戏、走神路。主席颇有感慨地对任弼时、汪东兴等随从人员说：“庙宇都是选风水好的地方建造，都是修身养性的好去处，白云观的山不高，庙还不小，烧香的人也不少，我们提倡宗教信仰自由，正当的宗教活动允许进行，但不允许利用宗教活动做坏事。”并指示张俊贤：“这些都是文化遗产，除了牛头马面外，都要保存下来，不要毁坏了……你明天出个布告，要把这些文物保护好。”“文革”期间在破“四旧”的风潮中，中国的广大庙宇受到毁灭性的破坏，之前我一直想不通白云山上的古建筑群为何保存得如此完好，看完这块纪念碑我便明白了。碑上还记载了另外一件事情，当时毛主席在道长的陪同下，进入真武大殿，随手抽了一签，上吉，四十三签——日出扶桑。后来成为当地百姓的美谈。

看完纪念碑，我们相继进入大殿，一块高悬的匾额上大书“玉虚宫”三个字，格外地引人注目。听殿内的讲解员说，这块匾是开山道人李玉凤亲笔所书，拥有 400 多年的历史，是白云山众多匾中最为珍贵的一块。说实话，这三个字的确写得漂亮极了，但有很多人却读成了“玉虚宅”，我的同伴就是其中之一。其实这个“宫”字的确写得很像“宅”字，据说是为了避讳皇宫的“宫”字，所以将“宫”写成“宅”的形状，是故意为之。细想，古时的等级制度真是无处不在，除了一些具体领域有明确的等级划分之外，还渗透到了人们生活中的各个方面，包括衣食住行，甚至是一个字的使用。

殿内两侧满墙的壁画深深地吸引了我的目光，壁画以连环画的形式描绘了真武祖师降生、修行、悟道、伏魔、赐福等神话传说。画幅之中除了人物，还有山石、树木、花草、亭台楼榭等景物，整体观之，更像是一幅山水与人物的大画，而每一幅小图都有一个独立的主题，极具有观赏性。记忆中，一幅以“沐浴金身”为主题的小图印象尤为深刻，在一座华丽的宫殿里，屋顶上方九条龙同时向金盆里的孩童喷水，而那水柱更像是九道光芒集中照射在孩童身上，孩童身边环绕着婢女，有些婢女拿着毛巾，有些拿着水瓶，更有趣的是，还有一些婢女手持乐器在演奏。我数了一下，两面墙壁上大约有60幅小图，后来机缘巧合得了一本由文物出版社出版的《白云山白云观壁画》，果然是60幅，这些壁画创作的时间是晚清。进入后殿，除了吸睛的巨大真武祖师鎏金铜像，依然是满墙壁画，画面描绘了道教诸神朝拜真武大帝的情景。不同于前殿的是，这些壁画的创作时间是明代，壁画分为上、下两层，下层人物足有真人那么大，与人的视线持平，上层则有所缩小。整个构图近大远小，主次分明，人物形态各异，衣冠华丽，具有浓郁的宗教色彩。我对于道教壁画并不了解，李凇老师在为《白云山白云观壁画》写的序里说：“这些民间绘画凝聚了千百年来社会的精神信仰轨迹，寄托着亿万普通民众的美好愿望。”壁画作为人类历史上最早的绘画形式之一，是人类古代文明的重要见证。

从真武大殿出来，我们还参观了财神庙、东岳大殿、三官殿、三清殿、碧霞宫、玉皇阁等众多庙堂，我发现白云山上的神灵多得让人目不暇接。在我国乡土环境下的一些庙宇里供奉着各种各样的神灵，除了大家共同信奉的一些神灵之外，各地还供奉着属

白云山

于自己的神，这一切都是源于古人万物有灵的思想而导致的泛神崇拜。其实，泛神崇拜是世界各地早期文明的普遍现象，这种泛神崇拜包含了自然崇拜和英雄崇拜，人们崇拜的这些神灵不但具有人的形象，还各有特长，如财神掌管着一个人的财运，观音娘娘掌管着子嗣，龙王掌管风调雨顺，等等。记得，在白云山道长康至玉主编的《中国佳县白云山》的序言里有这样一句话："白云山修庙立神，大多是根据百姓的信仰需求而设立的。"仔细想想，因为没有人见过神，所以把人的思想赋予了神。而人们求神拜佛变成了极具功利色彩的实用主义，"有求必应"成了一切神灵的价值所在，就如我刚刚看到的财神庙的香火明显比别的庙堂要旺盛许多。

曾听闻白云山的道教音乐非常有特色，被誉为"白云神乐""圣境仙韵"，是国家级非物质文化遗产。白云山道教音乐得传于北京白云观，具有古典音乐和宫廷音乐的双重内涵，既古朴典雅又庄重肃穆。传到清康熙年间，白云山道士苗太稔云游大江南北，广集名山道乐，使白云山道教音乐又兼容了婉转优美、清新秀丽的江南风格。在长期的演奏活动中，道士们吸收佛教、晋剧、唢呐、民歌中的曲调和技法，形成了以经韵曲调、笙管音乐、打击乐为主的白云山道教音乐，并成为道教音乐四大流派中最具地方特色的一派。可惜，当时无缘听闻，后来专门上网搜索欣赏了白云山道教音乐演奏，耳闻目睹经韵曲调和笙管音乐、打击乐的珠联璧合，极具表现力和美学性。

当我们参观完返回停车场，再次看到那些售卖香火的小贩时，我深深地感叹，原来在人们心目中，神也需要世俗的烟火气息。

我们一起沿着林地中的道路散步，听着树叶沙沙作响的声音，我对他说，我感觉走在了森林里，而不是沙漠中。他告诉我有时候他也有这样的错觉。

毛乌素传奇

一

你见过在一望无垠的沙海中万亩桃花竞相开放的美景吗？

你相信短短数十载沙漠可以变成绿洲吗？

你知道沙漠经改良可以变成沃土吗？

你知道极度的干旱和丰沛的水源并存是一种什么样的景致吗？

或许，这些你没有见过，更不会相信。可是，如今这一切都已经成为现实，我没有丝毫的夸张和刻意的美化。

或许，你会疑惑，中国有这样的地方吗？那么它又在哪里

沙漠水源地

呢？它就在毛乌素沙漠的东面，一个叫沟掌的地方，地理坐标是北纬38°50′，东经110°。如果你对我前面的描述有疑惑，又或者想目睹这一奇观，请记住这个坐标。你的亲眼所见，会让你觉得我的描述只是皮毛，我贫瘠的文字，和它丰富的内涵相比有着天壤之别。

提及沙漠，展现在你面前的也许是这样一种景象：烈日当头，寸草不生，黄沙漫漫，一望无际，又或者风吼沙扬、天地一色。很多时候，人们把沙漠和死亡联系在一起，可见沙漠在人们心目中的印象。这个叫沟掌的地方曾经就是黄沙漫漫，可如今，已是

蔚然成林。说到这里，或许你已是满腹疑惑，又或许迫不及待地想身临其境去感受我所描述的这一切。

二

沟掌，猛然一听，这个地名似乎有那么一点奇怪，可如果你

2005年的沟掌村

知道它所处的地理位置，就会觉得这个名字形象又生动。因为它是一条河的源头，宛若一只手的根部，这条河叫作圪丑沟，它与另外一条河汇合成为水量充沛的秃尾河。秃尾河是黄河的一级支流，滋养了很多的陕北儿女，不仅是流域内人们的生命线，也是神木市 50 多万民众的饮用水源，所以被神木人民亲切地唤作“母亲河”。

沟掌，一个有故事的地方，一个创造奇迹的地方。

说到故事、说到奇迹，不得不说说这个故事的主人公、奇迹的创造者。

他叫张应龙，曾经是神木县人民政府的一名普通干部，离职后在一家外资公司从一名普通的销售员干到副总，当他再次离职后，便一头扎进这茫茫荒漠，成为一个真正的农人。并且，按照他的意思，他会将自己农人的身份带进坟墓。

生命中有太多的不可预料，或许一个偶然的因素，就会改变一个人的命运。张应龙就是因为一次醉酒，把他和这片沙地紧紧地联系在了一起。他说自己治沙的初衷，并不是因为他的思想境界有多么高尚，理想有多么远大，只是因为酒后的一句醉话。他当时回乡过年，在酒桌上结识了沟掌村书记，那天他喝得烂醉，答应帮忙出钱治理沙漠，事后，村书记打电话给他，方才知道酒后允诺别人的事情。虽然他对这件事情完全没有了印象，但是，他觉得堂堂五尺男儿说话怎么可以不算数。于是，从那时候起，他就和沙漠结下了不解之缘，酒后的承诺也彻底地改变了他的人生轨迹。或许，有些人会说，反正就是酒后胡言，完全可以不作数。可张应龙是一个视诚信为生命的人，他生长的这片黄土地从小就让他懂得了人无信则不立的道理。

于是，张应龙以个人名义承包了沟掌村南北长约 35 公里、东西宽约 10 公里的荒漠，开始了漫长的治沙之路。用他的话说，

圪丑沟拦沙坝

虽然已经走上了这条治沙之路，但他的内心却是迷茫的。那时，他并没有意识到这茫茫沙海，将是他梦想起飞的地方。

说起他刚到毛乌素的日子，倾听的人都能感觉到那不堪回首的辛酸与沉重。当他第一次站在一望无垠的沙海中，他才真正意识到自己所承诺的是一件极为艰难的事情。陪他看地的村长似乎看出他眼中的疑虑，更是担心他会退缩，看来村长还不了解站在他面前的张应龙——这个言出必行且倔强的陕北汉子。就像他后来告诉我的，既来之则安之，行不行先试试再说。

不论干什么，不管在哪里，首先要解决吃住的问题。盖房子需要材料，可是最近的一条公路距他选定的治沙基地都有18公里。从公路到村子里的道路，在天气状况良好的情况下勉强可以通行，但是，从村子到治沙基地几乎是无路可走。无论如何，先把这段路修好再说。沙漠中所面临的困难远非他能想象，今天刚修好的道路，经过一夜的沙尘暴，就恢复如初，不见踪影。当地俗言：毛乌素沙漠一年只刮一次风，从春刮到冬。他克服种种困难，终于有了简易的居所，这也算张应龙到达伊始的阶段性成果。

有一天早晨，他发现自己的门打不开了，原来经过一夜的沙尘天气，他住的房子被流动的沙子淹没了半截，通过别人的救援他才从屋子里出来。面对基本的生存考验，很多人以为他会退缩、会放弃，可情况恰恰相反，这更加坚定了他治理沙漠的决心。打仗还需知己知彼，所以他经常一个人漫步于沙海之中，他在思考

林地

花开烂漫

如何让这些流动的沙子被牢牢地固定。他知道地表植被破坏是土地荒漠化的重要原因之一，恢复地表植被，除了植树造林再没有更好的办法。

张应龙是绝对的行动派，说干就干，可是沙漠中有太多的未知和不可预料。起初，因为经验不足，由于气候的恶劣和树种的选择失误，树的成活率不到 10%。与此同时，他的资金开始出现问题，为了治理沙漠，他几乎倾尽所有。面临种种困难，他也曾怀疑过自己的选择，也曾想过是不是该放弃。因为思虑过甚，他曾一度失眠，整夜整夜地睡不着。为了解决失眠的问题，他在白天里拼命地劳动，就这样，劳累化解了他失眠的困扰。这也成为他后来解决问题的一种方式，用他的话说，笨办法总比没办法要好。

他总是用《孟子·告子下》中的那句“天将降大任于斯人也，必先苦其心志，劳其筋骨……”来为自己打气。

三

在他战天斗地的过程中，他也找到了和沙漠相处的秘诀。他让工人们用沙柳围成障蔽，将流动的沙丘固定，同时找到了最适宜毛乌素沙地生长的樟子松，如今造林的成活率高达 95%。同时，秉着“为社会担责、以公益扬善”的宗旨，他发起成立了神木县

珍禽乐园

湿地一角

珍禽归来

生态保护建设协会，打造了一支强有力的治沙团队。

如今的沟掌已今非昔比，从每年的 5 月份开始，到处都是郁郁葱葱，大棚里的蔬菜瓜果一年四季从不间断。这里虽然是毛乌素沙漠，但地下水源极为丰富，通过人为的挖掘，人们眼中出现了一个又一个的绿洲，当地人称之为“海子”。记得去年夏天的一个傍晚，我们一起沿着林地中的道路散步，听着树叶沙沙作响的声音，我对他说，我感觉走在了森林里，而不是沙漠中。他告诉我有时候他也有这样的错觉。

从 2004 年至今，张应龙一头扎进这沙漠已有 14 年之久。相比历史而言如同白驹过隙，可这个叫作沟掌的地方却在这 14 年里，发生了翻天覆地的改变，不仅仅是我们视觉上的树木成林。因为大力地植树造林，生态系统有了很大的改变，一些绝迹的动物又重新出现，野生动物有狐狸、獾、鼬、刺猬、野兔、红腹锦鸡、鹌鹑、草原鹰、百灵鸟、天鹅、白琵鹭、灰鹤、野鸭、水鸡、海狸鼠等。鸟类有 25 个科，48 个种群，有国家级二级保护鸟类 2 种，分别是白琵鹭和黑鸢，省级重点保护鸟类 3 种，分别是苍鹭、绿头鸭和赤麻鸭。还有几百种植物，我无法一一列举。总之，当地气候得到极大改善，降雨量也明显增加，进入了一种良性循环的模式。

土地荒漠化是一个世界性的生态难题，在各大洲均有分布，全球 100 多个国家地区，10 亿多人口约占陆地 1/3 的范围受到

召唤

荒漠化的威胁，尤其是亚洲和非洲受荒漠化影响尤为突出。中国是世界上受荒漠化危害比较严重的国家之一，长期致力于防沙治沙事业，开展了一系列重大的生态工程建设。在张应龙治沙造林的过程中得到政府的大力支持。他说，沙漠中没有英雄主义，只存在团结一致，所以他四处奔走，团结一切可以团结的治沙力量。近年来，市域内很多单位、个人到了造林的季节纷纷前来奉献自己的一分力量，为毛乌素增添一分绿色。十多年的治沙历程，张应龙已经成为一名真正的科学家，而他的实验室，就是这广袤的沙漠。

四

很多人称张应龙为“沙漠王”“治沙英雄”。而他却说：“不是我改变了沙漠，而是沙漠教育了我。”十几年的沙漠生活，他转变了对沙子的态度，从防沙治沙转变为护沙用沙。他说，对于有害的东西，如罪犯，我们才会防才会治，而沙子也是造物主的恩宠，它本身并没有什么过错，土地沙化是我们人类过度破坏的结果。

圪丑沟河畔的回望

如果沙子有生命，我想它也不想遭人厌恶，不想漫天飞舞，也想要一种安稳，就像张应龙说的它本身并没有错，它也不想裸露在阳光下炙烤，也想在树荫下乘凉或在植被的覆盖下舒爽。从防沙治沙到护沙用沙，从敌对转变为一种友好的对待，遵循的是客观规律。大禹治水之所以能成功，就是因为尊重水的属性，从堵到疏，终把水患变成润泽千里良田的生命线。沙子可以借风肆虐，也可以温柔至极，就看我们对待它的方式。当它的身体被植被覆盖，它就会成为沃土；当它与水泥石灰搅拌在一起，就会变成混凝土。说到用沙，突然想到库布其，想到亿利集团，他们是把沙子用到极致的典范，有了享誉全球的“库布其模式”。

我曾以为，在这漫漫治沙路上，最艰难的是面对恶劣环境的严峻考验和治沙资金的短缺。事实上并不是这样。张应龙说，相比炎炎烈日和一望无垠的黄沙，亲朋好友的不理解、质疑，还有自身的压力和孤独是最让人绝望的。天无绝人之路，就在他倍感孤独绝望之时，学会了与大自然对话，他说，这不仅缓解了他的孤独，在和一草一木的对话过程中还可以更好地观察它们，进而了解它们的习性。沙漠中的生命总是让人动容，即使是一株小草。他感慨，大自然是人类最好的老师。有人怀疑他的这种不求回报的行为，是不是出于某种目的，其实有这样想法的人真的是小人之心了，他就是想做点实事。很多年前他曾告诉我，早晨醒来最早的那个人是最孤独的。当时我对这句话很懵懂，如今终于理解了其深意。其实，在这个世界上有一种人，他们的体内流淌着英雄的血液，天生就有使命感。毋庸置疑，张应龙就是这样的人。

2015 年 4 月，他被评为“全国劳动模范”，国家领导人为其颁发证书和奖章，可谓实至名归。我突然想到，早在 2001 年 4 月，亿利集团董事长王文彪也曾因为治理库布齐沙漠被评为“全国劳动模范”。每个人的人生追求都不同，所以走的路也不一样，遇见的风景、到达的目的地都不相同，张应龙和王文彪却是殊途同归。当我问他被评为全国劳动模范有什么样的感受时，他很平静地告诉我：“很感恩得到这份荣耀，但这不属于我一个人，而荣誉也不是终点，在这条治沙之路上还有很漫长的路要走。”

沟掌是秃尾河的源头，秃尾河也被神木人叫作母亲河，张应龙误打误撞来到了这个源头，走向了生态公益的起点。近年来，他守护着神木人民的这条生命线，这里的一切都是那么的有序而又充满生命力，人与自然的关系在这里近乎一种完美的融合。我目睹了这里的一切变化，因此对于未来的环境问题抱有某种乐观。星星之火可以燎原，同样，绿色也可以传染。

我把它称之为文字，而不是符号，又或者是天写给地的一封优美情书。的确，那每一道印痕都是一个神话，背后都有关于风霜雨雪、日月星辰的秘密，有宇宙最原始的密码。

宇宙密码

一

大自然的神奇与神秘，我们人类永远无法窥测。有时候，有些事，发生得不早不晚，一切刚刚好，就如同命中注定，一切都在上帝的掌握之中。

神木文旅 logo 的诞生就是这样的一种命中注定。

当我第一次看见神木文旅集团的 logo“神印”时，目光就没有办法移开。老实说，我被它吸引了。猛地一看，整个 logo 如同一枚汉字方印——神木的“神”字的变体，隐约觉得这个“神”字还留有秦朝隶书初创时的影子。再细细观察，四方天地之内，山环水绕，有一种生命的气息。或许该 logo 有着更加丰富与深刻的内涵，只是当时我还没读懂。

天性的好奇加之对文旅集团的关注，我迫切地想和设计该 logo 的朋友聊一聊，想知道他设计的灵感来源，更想探寻其背后的故事。母亲经常说“上帝会眷顾虔诚的人”，看来的确有一定道理，果然，上帝眷顾了我的虔诚，机缘巧合，我知道了所有答案。

在宣传部组织的一次学习中，有幸和文旅集团董事长当了一个星期的同班同学。在一次课余时间，我向他讨教了一直以来想要寻找的关于这方“神印”背后的故事。

在神木县文旅集团成立之初，面向全国有偿征集 logo，其间，共征集到 180 多个。要在这 180 多个中选一个作为文旅集团的标识，于是，神木文旅特别邀请了陕西美术学院的著名画家赵拓、郭胜利两位老师参加评选。就在评选活动的前一天，文旅集团安排两位老师前往神木县南部乡镇体验乡村自然风光，感受黄土神韵。出发前，文旅集团的董事长刻意提醒大家要注意南部乡镇的那些石头，用他的话说，那些石头上镌刻着“无字之天书、宇宙之密码，富有神奇的魅力”。因此，他们一路上都格外留心观察，当车子行至神马公路（神木市至马镇）最后几公里时，山崖上的一块石头吸引了大家的目光。只见百米之外一块巨石上，一个神木的“神”字的轮廓出现在眼前。大家感慨之余，一同前来的郭胜利老师当机立断：“还征集什么 logo，这就是神木的‘神’

字，用这个做文旅的 logo 再合适不过了。”回去之后，文旅集团当即让技术人员根据石头天然的纹理对所拍的照片做了简单的处理，就这样，文旅的 logo 便诞生了。

千百年来，这枚天地大印一直都在那里，而人们的目光却从未在它那里停留，或许，冥冥之中早已注定，它等待着将来被“委以重用”。文旅的诞生，神印的发现，这一切，不早不晚刚刚好，这便是天意。

二

就在那次学习中，我还很幸运地和文旅集团董事长一行在拜访欧阳友权先生时，欣赏了以“神印”为原型而创作的杯垫。中国红的镂空设计，方方正正的印章杯垫，具有浓厚的中国传统文化气息，当然，这只是感官的描述。

这枚小小的方印蕴含博大精深的历史、文化、哲学思想：红色的汉字方印，是我们传统文化的精髓，在这枚方印中融入了长城与黄河的线条，这些线条暗含着神木所处的大致方位——农耕与游牧的交错地带；左右两侧合起来有完整的石峁小玉人头像，其中还有独自舞蹈的舞者，以及如母子又如情侣的双人舞者……整个 logo 的设计，体现着生命与和谐。

记得几天前和同在文旅工作的好友张亚斌聊起“神印”，他说不管是独舞的人还是情侣，都是精神文明的体现。神木这片厚重的黄土地，孕育出神木人民敦厚善良的品质，游牧农耕交错的特殊地理区位，让他们的身上又多了蒙古族人真诚好客的特质，

神木的旅游文化也必将会因为这些人性中美好的特质而大放异彩。这方“神印”最能代表神木人民的现状，物质充裕的神木人民正在迈向一种更加文明健康的生活方式。的确，作为一名神木

神山福字　张亚斌 / 摄

人，我深有感受，富裕了的神木人近年来对文化、对艺术开始偏爱，精神生活迈上了一个新台阶。

三

知道了“神印”logo的来历，便迫不及待地想要一睹其容，领略大自然的神奇与神秘。

期待来一次神山行……

机会终于来了，在一次文化活动中，我幸运地受到了邀请。

那是一个夏末的清晨，大家早早地到达了指定的集合地点，都急不可待地想一睹神山风貌。在前往神山的路上，大伙都在议论“神印”，探究它的由来，一如我当初的好奇。看来，对于这次神山行，大家的心情和我一样，期待已久。我没有参与他们的聊天，只专注于窗外的风景。车子时而行驶在开阔的梁峁山巅，时而行驶在狭长局促的山涧。不管是在哪儿，景致都别样的动人。

经过一个小时的车程，我们到达了目的地。下车之后，远远地看到了山崖上“神印”的原始图貌，大家迫不及待地找寻最佳角度准备拍照，亚斌则在旁边讲述着关于这枚天地方印的神奇故事。

我站在两山之间的公路上，仰头四顾，偌大的石壁如同天然的稿纸，上面密密麻麻地书写着只有天地才能看得懂的文字。对，我把它称之为文字，而不是符号，又或者是天写给地的一封优美情书。文旅集团董事长说这是无字天书、宇宙密码，妈妈说那是上帝仁爱的话语，是用神力刻在了这天地之间。的确，那每一道印痕都是一个神话，背后都有关于风霜雨雪、日月星辰的秘密，有宇宙最原始的密码。

那枚天地大印更是久久地吸引着我的眼球，它是自然最美的体现，来源于自然，又被赋予了人文精神与情怀。记得宗白华先生曾说过，自然是一切艺术的标准模范，自然是一切美的源泉。

反哺 张亚斌 / 摄

很多美好的景致往往都在深山丛林中，不是人人都能享受的，并且瞬息变动，起灭无常，不是时时都能享受的。艺术的功用就是将它描摹下来，使人人可以普遍地、时时刻刻地享受。艺术的目的就在于此，而美的真谛仍在自然。“神印”logo 和天地大印就是艺术与自然两者关系的最好诠释。

不知道是这山的魔力过甚，还是我总喜欢沉浸在自己的世界里，在远观神山的半个多小时里，我不知道大家说了什么，只是隐约记得大家都在拍照。就在集合准备攀越神山之时，我才发现自己没有为这枚天地大印、这些宇宙密码留下哪怕是一张照片。好吧，留一点遗憾，下次我还会再来。

四

神山距我们一沟之隔，就在眼前，可是要走近它，却没有看着那么容易。我们穿过一片郁郁葱葱的枣林，来到一条小河边，河水清澈见底，湍流不息。如若把河边那些被水冲刷过的圆润漂亮的小石头捡回家，作为家装使用，定会增添不少自然气息与生活情趣。

真正开始爬山了，才发现道路艰险。虽然有很多人看到过神山——准确的描述应该是远观——却未曾真正到达。事实上这里并没有路，是一片名副其实的处女地。亚斌在前面为大家探路，

鹰望长空　张亚斌 / 摄

为大家确定方向，而所有人则朝着确定好的方向勇往直前，不复迟疑。在怪石嶙峋的山路上，大家紧张地前行，虽然紧张却不严肃，看着形态各异的石头，觉得似乎进入了动物世界，也如同走进了历史殿堂，还如同进入了某个生活场景。只要展开想象的翅膀，每一块石头都是一个主题。有些像极了各种动物，更有些奇异的造型，如李白醉酒、关公耍大刀、母与子、反哺、绝恋……云南的石林的确壮观，但是太过规整，过度的商业开发，也显得有一点驯顺，似乎已经丧失了太多大自然的野性。而这里，我们除了惊叹还是惊叹，用“鬼斧神工”来形容这些石头似乎都不够力度，或许这就是所谓的无与伦比、难以言说吧！

大自然是天然的哲学课堂。这艰难曲折的道路如同一番事业的开始，筚路蓝缕，大家都在摸索前行，只要方向正确了，一直坚持就好。看看那些崖壁缝隙里的小草，无论生存环境多么恶劣，都努力向着阳光，扶摇于青天白日之中，这便是生命的力量。而这些嶙峋怪石，也体现了自然之力、宇宙奥秘。任何的艺术雕刻大师在它们面前都会惭愧地低下头来，虔诚地、发自肺腑地顶礼膜拜。大艺术家们向来都承认自然是艺术的标准模范，亦是人类最好的老师。

两个多小时的辛苦攀爬，终于走近了这枚天地神印。我用手触摸它的线条，坚硬且有质感，心中有一种莫名的兴奋。我发现了一个神奇的秘密，那就是，每当我们走进大自然就会觉得心旷

李白醉酒　张亚斌 / 摄

巨兽捕食　张亚斌 / 摄

神怡，如同我们小时候无论风霜雨雪总喜欢待在户外玩耍。我们的祖先曾经就是从这荒山野岭里走来，如今我们的身上依然流淌着祖先野性的血液，我惊叹于这种千年万年来不曾中断的传承与延续。

大家兴致勃勃地又在为这枚“神印”拍照，而我的思绪却不知不觉飘到了上古时期，或是某个不知名的角落。我还是没能拍下一张照片，也是，我的摄影技术估计只会亵渎它，留着给那些摄影大师拍吧，能走近它我已心满意足了。

天空开始变得灰暗，似乎在蓄积力量想给我们来一场洗礼。大家都不想变成落汤鸡，于是准备返回，可惜道路崎岖，终究还是被这场雨洗得如同穿衣沐浴了一般，可这并没有影响到大家的好心情。

这场雨将夏日的暑气消除得一干二净，雨后的天空变得更加晴朗、明媚。

我总是漫无目的却又无比虔诚地行走在这荒芜却又明亮而清澈的世界里。我试着用自己的方式去和这片土地交流，感知彼此。

华夏第一城

对于我而言，石峁是一个熟悉而又陌生的区域。熟悉，是因为近年来石峁遗址的考古发掘，我作为一名与之相关的工作人员，有幸全程见证；陌生，是因为相比于那些早已毁灭的和未发掘的部分，我们还是所知甚少。

石峁角台

就工作而言，我是一个特别幸运的人，因为这份工作是我所热爱的。物质条件虽然艰苦，但精神生活并不匮乏。如果说我是一块磁铁，那么石峁遗址就像是一个巨大的磁场，我被它深深地吸引着，它令我着迷，而我却没有任何抵抗力，或者说，我从未抵抗过。

一

石峁遗址地处黄土高原北部，毛乌素沙漠南缘，隶属于陕西省神木市高家堡镇，因遗址的核心区“皇城台”位于石峁村而得名。整个遗址由石峁城址、城址周边的村落、祭坛、王陵区共同组成。狭义的石峁遗址便是石峁古城，也是石峁遗址最重要的组成部分。城址始建于龙山文化晚期，废弃于夏早期，距今 4300 年至 3800 年，存在的时间为 300 年至 500 年。经过系统的调查和考古发掘，得知这是一处气势宏大、依山势而建的石砌城址，由“皇城台”、内城、外城三座基本完整并相对独立的石构城址组成。总面积保守估计超过了 400 万平方米。截至目前，是整个中华大地乃至东亚地区已发现的最大的史前城址，有专家将其称为“华夏第一城”。遗址内发现房址、灰坑、墓葬、头盖骨祭祀坑、祭坛、宫殿基址等，出土了大量陶器、玉器、壁画、骨器、石雕人面像等，还有铜器、石范、纺织品、扬子鳄骨板、鸵鸟蛋壳、卜骨等物品。

因为对石峁的着迷，也因为极度地热爱这份工作，所以，业余时光，我会和当地的一些老人聊天，听他们讲关于石峁的故事。关于石峁遗址的核心区为什么叫“皇城台”，我曾走访过很多老人，他们一致告诉我，“皇城台”这一叫法是他们祖祖辈辈口口相传而来，至于这样的叫法能追溯到什么时候，他们并不知晓。这些看似无关紧要的讯息，于我而言却意义非凡，当我为别人介绍石峁遗址的时候，我会将一些听来的故事饶有趣味地讲给他们。

我知道自己在一个极为平凡的岗位上干着极为普通的工作，可我在想，同样是花时间，何不将这份普通的工作做到极致。于是，我阅读了大量的文献、典籍、历史地理学及考古学等书籍，去了解与石峁遗址同时期的一些遗迹，并试着进行浅显的研究。事实证明，我的选择是对的，石峁遗址开启了我再次学习的热情，让我的人生变得更加充实而有意义。为了让更多的人了解石峁遗址，我催生了写书的念头。2016 年 6 月，我正式出版了人生当中第一本书《石峁王国之石破天惊》，这也是对自己近几年工作与学习的一份阶段性总结。

二

到现在还清楚地记得，自己第一次站在石峁城址的制高点——外城东门北墩台之上的那种心情。那是 3 月的一个春日，阳光明媚，天空蓝得耀眼，空气却是陕北地区刺骨的寒。虽然如此寒冷，我却也心旷神怡。

望着黄土高原那特有的千沟万壑的景象，我第一次认真地打量了这片我生活了 30 年的土地。这里是典型的黄土高原风貌，气候干燥，取水困难，春天风沙肆虐，冬季严寒漫长。在这片崎岖不平而又贫瘠的土地上，千年以前是牛耕地，千年之后依然是牛耕地。犁头、黄牛、农民和这苍茫的大地，构成了天地间最具传承感的画卷，它没有绚烂的色彩，却美得让人动容。就是这样一个地方，却湮埋着一座鲜为人知的远古都邑，这里蕴藏着 4000 多年前的繁华，残存着史前文明的印记。我的心中满是疑惑，石峁古人为何要将家园建在这崎岖不平、干旱缺水的山峁之上？当然，古人的智慧远远超出我们的想象，我想，4000 多年前的石峁也并非今天我们看到的这样。

经过查阅大量的历史地理学资料，得知，在距今 5000 年到 4000 年前，这里的气候相比如今较温暖湿润。历史地理学家蓝勇在《中国历史地理学》一书中讲到，对于文明产生和文化进步的环境机制，很多人认为太恶劣的自然条件制约了文明产生和文化进步，太优越的自然环境又抵消了文明产生和文化发展的诱发动力，相对适中的环境才能为文明产生和文化进步创造主观和客观上的进取机制。也有人将古代文明与气候带划分对应起来，认为在寒带、温带、热带中，古代文明大多产生在温带。人类文明的发展，有着天然的选择机制，距今5000年至4000年的地理环境造就了黄河文明，并不是黄河中下游地区的人们比其他地区的人更加聪明，而是由其地理环境的气候、土壤、地貌条件所决定的。

在夏正楷先生编著的《环境考古学》一书中看到，黄土质地疏松，黄土堆积面宽阔平坦，有利于使用石质工具进行简单的土地开垦和浅种直播等原始农耕活动。黄土本身富含植物生长所需要的各种元素，而且毛细管发育不仅有利于储存水分，还通过毛细管的作用，可以把下层的矿物质和水分带到地表。在黄土母质上发育的全新世土壤层，土层较厚，具有良好的肥力。黄土堆积及其上发育的全新世土壤层保证了在社会生产力十分低下的情况下原始农业可以获取较好的收成，为人类提供了丰富的土地资源，是早期农业起源和发展的物质保证。黄土高原优良的生态环境推动了石峁王国农业的发展，为石峁王国走向文明奠定了坚实的基础。

三

清晨起床去遗址里散步，几乎是我待在石峁时每日的必修课。已发掘的石峁遗址外城东门矗立在山头上，那高厚而又坚固的城墙、完善的城防体系无不显示出4000多年前石峁古人的聪明才智。我经常想，这个世界上任何事物的产生或存在都有其原因，石峁这些完善的城防体系是否可以说明，早在 4000 多年前这一区域政治格局的复杂和武力战争的频繁呢？那么这座城的主人是谁？他们要防御的敌人又是谁？截至目前，石峁遗址的发掘仅仅只是冰山一角，当然也没有人给出我答案。

近几年来，我大部分的时间都在这里度过，对于石峁的神秘之感丝毫未减，那些看惯了的日常，却能一次又一次激发我的好奇心，驱使我在众多的资料与古老的典籍中徘徊。

石峁遗址发掘以来，有很多的专家在探讨到底是在谁的号令之下修建了这一气势恢宏的都城，其中，有不少人认为这或许就

石峁东门遗址

是黄帝部族的居邑。当然这样的说法并非凭空猜测，持这一观点的人都是以文献为基础，有理有据。

第三次全国文物普查资料表明，在石峁周边发现与其同时期的遗址数以百计，超过 100 万平方米的仅有石峁一处，其余的规模都较小，不足以与石峁匹敌。那么，敌人到底来自何方呢？从石峁遗址的规模和出土的文物可知，这里不仅权力集中，财富也在此聚集。难道是为了保护已经拥有的巨大财富，害怕周边部族的觊觎，完全是因为防守而修建的吗？从考古发掘情况来看，石峁古人投入了巨大的人力物力来修建城墙，在修建时不惜献祭少女的头颅和极为贵重的玉器，这似乎也从侧面说明防守的高度重要性。

相传，4000 多年前，与陕西北部相邻的是善于骑射且强悍的荤粥族（历史上也称獯鬻、鬼方、猃狁），他们经常南下侵扰，抢夺财富，后来被黄帝驱逐。《史记·五帝本纪》载黄帝“东至于海，登丸山，及岱宗……北逐荤粥”。也有人猜测，因黄帝善用干戈，常年在外四处征战，荤粥族在黄帝外出征战之际，经常南下侵扰，为了防御强悍的荤粥族，于是黄帝部族修建了高大坚固的石峁城。

当然，这些都是猜测，还需未来考古证据的支撑，那就当作是茶余饭后的一种闲趣吧。

四

一直以来，我都认为目力所及太过局限，闭着眼睛才能看到更为广阔的天地。每当我闭上眼睛的时候，我就能拥有整个世界，我就能够身临其境般的看到各种各样的景致。

我经常一个人站在石峁遗址的制高点——北墩台，闭上眼睛，在那个海拔 1160 多米的地方放飞思绪。

就在今天早晨，我又一次站在这个地方，10 月下旬，北纬 38° 的石峁山寒冷得如同冬日。虽然我已换上了冬装，却依旧冻得瑟瑟发抖，可我却不由自主地闭上了眼睛，任由寒风从耳边狠狠地刮过。我用心感受着这片土地的苍凉和凝重，似乎觉得只有闭着眼睛才能看到更多更清晰的画面，也似乎看到了 4000 年前在一个寒冷的季节里，石峁王国开始不再那么生机勃勃、欣欣向荣，而是一幅破败不堪的景象。我甚至看到了石峁王站在冷风中，像个悲壮的英雄，他在回忆王国昔日的繁华兴旺，叹息着如今的满目疮痍，我看到他满眼的悲伤和落寞，也似乎听到他长长的叹息声……当又一阵冷风吹过，我不禁打了个寒战。睁开眼睛，一切灰飞烟灭。

石峁山一年四季都刮风，即使是在酷暑难耐的夏日，山上的风依旧凉凉的，清爽宜人。在我翻阅日记的时候发现了下面的这段话：

这是一个夏日的清晨，我一个人漫步在石峁王国。昨夜的那场大雨彻底地给石峁山换了新装，漫山遍野绿油油的庄稼地，空气清新得让人想要全部吸入肺里储存起来，我欢快地像个孩子一般。

我闭上眼睛，贪婪地呼吸着大自然给予的这沁人心脾的气息，风从脸庞吹过，清清凉凉的。我感觉自己又在做梦了，我看到石峁的城墙魔术般的由残垣断壁恢复一新，石峁古人在田地里辛勤地劳作，石峁王气定神闲地坐在他的宝座上……

或许我是真的很爱做梦，又或许我的想象力太过丰富。站在石峁的这片土地上，我经常会觉得自己在半梦半醒之间徘徊，经常会穿越般的像个透明人一样穿梭在石峁王国，看着他们辛勤劳作，看着他们大动干戈，看着他们虔诚祭天，看着王室成员莺歌燕舞，看着石峁王的悲壮背影，看着王国由盛而衰……

五

石峁山上出玉，一直是当地美谈。人们疑惑的是在整个陕北地区并没有玉矿，这些玉器到底是从何而来？是贸易，是进贡，还是战争掠夺？依旧没有人能够给我答案。

石峁玉器　石峁文化收藏研究协会 / 提供

经鉴定，石峁玉器的材质种类繁多，有墨玉、玉髓、黑曜石、石英岩、大理石岩、蛇纹石岩、碧玉等，其中一部分属于透闪石软玉。材质来源西至和田，东至辽东半岛的岫岩，南至云南，北至俄罗斯，几乎涵盖了我国大部分玉石产区。

这几年，我幸运地见到过很多石峁遗址出土的玉器，尤其是在当地民间收藏家胡文高先生那里，见到了很多精美的石峁玉器。记得胡先生曾经告诉我："我和其他的收藏家不同，我不是为投资，我只想尽自己所能把更多的文物留在家乡。"他说这句话的时候平静而诚恳。

石峁遗址今天的成就与殊荣，我们除了要感恩石峁古人留给我们这些千年不朽的遗产之外，还要感谢考古工作人员顶着风霜雨雪在这片废墟上的辛苦工作。不接触考古的人，或许永远无法想象他们的艰辛。他们的工作领域大多在偏僻且条件艰苦的地区，风吹雨淋是家常便饭。条件艰苦不说，由于常年在外，与家人聚少离多，不能照顾妻儿，也无法孝敬父母，当父母孩子需要的时候，他们更是鞭长莫及，可想他们的内心是何其煎熬。记得曾经和一位考古研究员聊天，他把石峁遗址比作自己的孩子，我从他的眼神里能感觉到他对石峁遗址的那份"疼爱"。在别人眼中或许这只是一份工作，可是我明白，他把这份工作当成了信仰，这也是能让他背井离乡留在这荒郊野岭的原因。

今天我们之所以能看到兵马俑，看到三星堆……能看到那么

铜玉组合　石峁文化收藏研究协会 / 提供

多的古遗迹，除了祖宗的遗留，还要感谢这些考古人在废墟上一寸一寸弯腰躬身地劳动，感谢他们冒着严霜酷暑在这些废墟上为我们解读中华文明。

六

我行走在崎岖不平的山路上，任凭寒冷的北风吹打着我的脸颊。冷风真的可以让人的头脑变得清晰，我发现眼前荒芜的景象看似和初春一样，但在本质上却大不相同。此时，随着热力一点点地消逝，草木也渐渐走向消亡，在生命轮回这条抛物线上向下滑落，却还没有到达最低点。而初春却随着热力一点点的增加，草木慢慢迈向新生，在生命轮回的这条抛物线上向上攀爬，一步步到达最高点。一个向生，一个向死，生死相依，无生就无死，无死亦无生。我突然想起关于石峁时代活人祭祀的观点，其中一些学者解读，石峁古人认为人像庄稼一样一茬一茬，在生与死之间循环往复，用活人献祭的方式来取悦神灵，就是让部分死亡换取更多的新生。

有朋友曾和我开玩笑："你看到这些人骨不害怕吗？说不定他们会在哪个月黑风高的夜晚突然来找你。"听上去让人觉得毛骨悚然，可说实话，我从未感觉到害怕。已经钙化了的人骨如同石头，比那些有血有肉有思想的捉摸不透的大活人，让人心安得多。通常这个时候我都会说："他们真来找我就好了，我有好多疑问期待他们来为我解答，这样考古学家也不用费那么大力气了。"

在别人的眼中，这是一个平淡无奇又荒芜的世界，可在我的眼中却是清澈而明亮的。除去阴天，天空永远都是那么湛蓝，蓝得明媚，云朵永远那么洁白，白得耀眼。就连脚下干枯的野草都散发着超越宝石般的光泽。还有偶然遇见的衣衫褴褛的牧羊人和农人，在他们的身上洋溢着一种永恒的光辉。当然，生命本身就自带光芒，这是上帝创造万物所赋予生命的属性。我总是漫无目的却又无比虔诚地行走在这荒芜却又明亮而清澈的世界里。我相信，在这荒芜之所，在这一条条崎岖的小道上，一定留下了石峁古人的足迹。我试着用自己的方式去和这片土地交流，感知彼此。

皇城台

我讨厌用现代化的机械给这片土地留下疤痕，我喜欢农人在土地上栽种树木和庄稼，让这里散发出浓烈的生命的光辉。

为此，我专门做了石峁山的植被调查，咨询了农林方面的专家，甚至在自己的笔记本上划分出植被分类种植区域。可惜，这一切用好友的话说，都是我的自娱自乐。不过，这并没有让我感到失望和沮丧，因为我从开始就知道我做的这些并不会被采纳，这样的情形在我的意料之中。其结果不会影响我对这座山存留的梦想，大自然本身的美好已带给了我太多的愉悦。

在这个人烟稀少的大山上，除了那些“土著”，我也算待得够久，可从未感到过厌倦，每一天都让我觉得新奇。我曾说过，石峁对我而言很重要，因为它燃起了我对未来的希望，让我对自己本身有了盼头。在这看似荒芜之所，却并没有让我与这个世界隔绝，它让我远离了喧嚣，让我获得了崭新的认识和远见。正如大山的开阔，让我目力所及和胸怀更加广阔。即使有一天我离开或者死去，但我的灵魂将得到永恒的滋养。

古镇总是有它独特的魔力，让我趋于一种平静。它所经历的繁华、颓败、重生告诉我，世间的一切终究会成为过去和回忆，无须太过执着。

古镇慢时光

记忆中，高家堡古镇宁静而略显凄凉。

记得那是初夏时分，我第一次踏上这片土地，整个古镇笼罩在雾气当中，天空中飘着蒙蒙细雨，雨丝细小得都打不湿脸颊，只感觉润润的，真可谓像雾像雨又像风。如若不是因为周边绿意盎然，定会觉得像是在秋季一般。

一

大学毕业，很多同学都留在了大城市，而我却误打误撞回到家乡一个古老的小镇上工作，这个小镇就是高家堡。虽然这是家乡的一个小镇，可从小在城里长大的我，在工作之前从未踏足过这里。

到现在还清楚地记得当时的心情——极度的不情愿与沮丧，只因为这里太过偏僻，离家也较远。妈妈安慰我，要接受这样的安排，上帝自有美意，踏实工作。可我当时心情低落，根本没有把妈妈的话听进去，只是敷衍地点点头。

前往高家堡的那天，天空灰得如同哭过，我的心情也跌到了谷底。当车子启动的时候，我的眼中已经满是泪水，感觉到前所未有的无助与委屈。为了不让家人担心，我没有将自己的悲伤表现得太过明显。或许是因为太年轻，那时候的想法直白且肤浅，

高家堡村落　刘朋玉 / 摄

兴武山远眺　刘朋玉 / 摄

觉得自己像是一个悲壮的英雄，现在想来着实有点可笑。

经过一个多小时的车程，到达高家堡，报到之后，打算出去走走，熟悉一下周边的环境。

走出单位大门，眼前是一片绿油油的庄稼地。或许是因为心绪不佳，刚进门的时候竟然没有发现。看来坏情绪的传染力能从心底迅速蔓延至眼睛，我的眼睛像是蒙了尘，真不知道我错过了多少美丽的风景。仔细想来，这样真是得不偿失。

既来之则安之，不去想那么多，散步去。

我慢悠悠地走在庄稼地边的小径上，呼吸着泥土的芬芳，不知不觉来到了一座山脚下，抬头，“山河永固”四个大字赫然映入眼帘。山不算高，可在这小镇上也确显巍峨。我快速爬到山顶，视野顿时开阔，心情也不知不觉开朗了起来。环顾四周，才发现此山顶有一道观，墙上还有年代久远的摩崖石刻。而高家堡所处的地理位置也极佳，正好坐落在秃尾河沿岸开阔的川道地带，依山傍水，土壤肥沃，对于干旱少雨的陕北来说，这里真可谓是塞上江南了。

忽然觉得，我有那么一点点地喜欢这里了，因为我感觉到了自己微微上扬的嘴角。

从山上下来，距午饭时间还有一个多小时。既然时间尚早，那就再继续走走吧。

此时的我目标明确，直奔高家堡古镇，说是直奔，其实从单位到古镇南门步行也不会超过 10 分钟。

此刻我早已将出发前的悲伤抛到了九霄云外，在这个细雨霏霏的上午我第一次漫步在高家堡古镇。当时的我绝对没有想到，这样的漫步将会成为自己今后生活中不可缺少的一部分。

当我走进古镇，被眼前的景象惊呆了。地砖的缝隙中长满了蒿草，街道两旁的店铺上排列着古旧的门板，而这些门板无一例外地紧紧关闭着。就这样，我慢慢地走着，偶尔也会抚摸一下那

古镇西门　刘朋玉 / 摄

厚重的城墙，或从门板的缝隙向里窥探一下，在这些古老的房子里面到底藏着什么。我觉得自己像是穿越到了另外一个世界。走了很久，才看到一个倚着门框打盹儿的老人，这也是那天上午我在高家堡古镇见到的唯一的一个人。

正当我准备穿过中心楼去往西大街时，电话不识时务地响起，单位有事需要我立即回去。

在我折返的时候，竟然发现自己心上涌过一丝意犹未尽、依依不舍之情。于是，我安慰自己，来日方长。

二

来日方长……

我们永远不知道命运会给我们埋下怎样的伏笔，也预测不出每一次选择会给我们的人生带来什么样的改变。时至今日，我来高家堡已经是第十个年头了。仔细想想，时间过得真快，记得刚来的时候我还是一个青涩的丫头，现在已为人母。

沧海桑田以万年计，朝代更迭以百年计，而人的寿命才不过数十载。十年，高家堡古镇也发生着翻天覆地的变化。说到这里，那就让我来说一说高家堡，说一说这个我工作、生活了十年的地方。或许，我的下一个、下下一个十年还会在这里。

高家堡古镇，位于秦、晋、内蒙古接壤地带的神木市境内。秦属上郡，汉属圁阳，唐属丰州，宋、金、元属弥川县治所。现存古镇始建于明正统四年（公元 1439 年），距今有 570 多年的历史，时属葭州领辖，乾隆二十七年（公元 1762 年）拨归神木。古镇东西长 500 余米，南北宽 300 余米，面积约 0.15 平方公里。整个古镇以中心楼为轴心，向东西南北四个方向辐射，分为三街

万佛洞　谢军 / 摄

十六巷，巷巷相通，在空中鸟瞰如同一张巨大的棋盘格。

高家堡历史上处于边陲要塞，自古即为兵家重地。明朝初年，为了防御蒙古、女真等游牧民族的扰掠，朱元璋接受朱升“高筑墙”的建议，在鸭绿江至嘉峪关一线修筑长城。为了加强长城的防务，明代把长城沿线划分成九个防守区段，每边设镇守，谓之“九边重镇”。高家堡古镇即为“九边重镇”中延绥镇上的一个重要节点。古镇境内长城共约 42 公里，墩台 44 座。在烽火连天的岁月，古镇守卫了一方和平。

20 世纪 80 年代末至 90 年代初，大量农民外出务工、经商，繁华的古镇逐渐沉寂下来。2014 年，因电视剧《平凡的世界》在这里大量取景拍摄，加之镇域东面 4.5 公里处石峁遗址的发掘，古镇再次走进人们的视野。如今高家堡古镇已是国家级历史文化名镇。

三

高家堡不仅有着塞上江南般的美景，还有着厚重的历史文化积淀。上自仰韶、龙山，下至秦汉唐宋元明清，历史在这里从未中断过。尤其是镇域 4.5 公里处的石峁遗址，其发现对中华文明的探源有着极为重要的意义。镇域东山上的千佛洞和万佛洞，开凿于北魏，主窟属于明代，至今满壁的佛像都栩栩如生。洞窟外

古镇全貌 谢军 / 摄

的摩崖石刻布满整个墙壁，字大如斗且笔力遒劲。整个镇域之内遗存甚多，是研究中华文化的巨大宝库。

漫步古镇，经常会有时光穿梭般的感觉。尤其是从南大街到西大街几百米的距离，会让人有一种从现代到明清的穿越感，一下历经几百年，恍若隔世。

古镇的修建虽然缘于军事目的，可它因优越的地理区位，繁盛的边贸，引秦、晋、内蒙古三省区客商云集于此，故享有“旱码头”的美誉。从那宽阔的街道、鳞次栉比的店铺中，仍依稀可见昔日的繁华与兴盛。当你闭上眼睛，甚至会产生错觉，似乎自己已置

明长城烽燧　刘朋玉 / 摄

身于拥挤的人群，仿佛还能听到商贩的吆喝声，而那些大门紧闭的店铺也只是刚刚打烊而已。巷子里隐藏的那些四合院，门楣看似不怎么起眼，你以为只是寻常人家，待你开门进去后却发现别有洞天。四合院布局规整，连屋檐上的瓦当都极其考究，低调的门楣只是因为主人的含蓄与内敛。

尤其是在下雨天，你可以撑一把油纸伞，行走在古镇的大街小巷，偶尔抚摸一下冰冷而潮湿的城墙，历史的厚重与沧桑将流淌在你的指间。也可站在古老的屋檐下，借避雨的时光，聆听下雨的声音，欣赏雨滴落地时古老的石板上泛起的涟漪。

古镇四季分明。春天，大地渐渐披上新绿，田间地头到处都是辛勤劳作的人们，无量山顶的晨钟暮鼓伴随着人们日出而作、日落而息。夏天，当别地的人们燥热难耐的时候，古镇上的人们却吹着清风，品着凉茶。秋天，是古镇最美的季节，当你漫步于金色的秃尾河沿岸，仿佛置身于画中一般。冬天，大雪过后，古镇如同披上圣洁的白纱，神秘而唯美，好似仙境。

四

或许，一个人在一个地方待久了会厌倦，尤其是因为工作的原因。可是，我却深深地爱上了这个地方，打心眼儿里爱着。不知道是因为我太过念旧，还是这个古镇太让人迷恋。

记得第一次漫步古镇，就被深深地吸引了。或许第一次的吸引仅仅只是停留在感官，又或者说是因为那古老的建筑、凄迷的蒿草，还有那个细雨霏霏的上午……

可是，十年，我愈加地迷恋这里，难道仅仅只是因为这些吗?不是，绝对不是。

细细回想，这些年来，每当我遇到什么事情，或需要一个人静静的时候，就会去古镇的街巷走走，不论清晨或夜晚。

兴武山　刘朋玉 / 摄

想到这里，豁然开朗，何不现在就去古镇走走，以解心中谜题。说走就走，用脚步去古镇寻找答案。

来到古镇南门广场，我没有像往常一样直接进入城门，而是在立有“高家堡”三个大字的石头旁边呆呆地站了一会儿。我不知道自己在想些什么，或许什么都没想，脑子一片空白。我用手将这块石头抚摸了一圈，感觉到凉凉的。这种冰凉的感觉让我回过了神，于是迈步走向城门。

在进入南门的城楼上，有中国古建筑学家罗哲文先生所题“永兴”二字。罗哲文先生原名罗自福，师从梁思成，“哲文”之名便是恩师梁思成所取。“永兴”二字，顾名思义，也代表着一种美好的愿景。

穿过瓮城，沿着右手边的城墙，到达南城门楼上。此刻天色已经大白，但太阳还未升起。站在这里，古镇大部分区域尽收眼底，秃尾河、永利河绕镇而过，兴武山、龙泉寺隔河对峙，真可谓风水宝地。当地俗言“两山对峙形如钵，二水绕城聚宝盆”，将高家堡的地理位置描述得淋漓尽致。我不懂风水的学问，但我知道，人类要想生存，就离不开清泉和米粮。在极度缺水的黄土高原，高家堡却可以种植水稻，这要得益于秃尾河的润泽。在历史的记载中，它从未断流过，水流一直都很稳定，它是高家堡人民的生命线。

每每站在城楼上，当我闭上眼睛，它的历史沧桑、风云变幻，

古镇新年　张莉 / 摄

还有昔日繁华热闹的街景，就像放电影一样，一个接一个的镜头闪现在脑海里。在经济高速发展的今天，小镇似乎跟不上节奏，这里没有汽车的轰鸣，也没有闪烁的霓虹，没有拥挤的街道，也没有当下流行的夜生活，就连生活必需品的售卖，都屈指可数。它没有像其他古镇一样，被开发得满满都是商业的气息，这里纯粹得如同婴儿一般。在各地雾霾笼罩的今天，这里一年四季蓝天白云，阳光明媚，空气清新。尤其是在这个物欲横流、充满诱惑的世界，这里却纯净得如一汪清泉，无声地涤荡着人们的心灵。这里宁静得能让人听到自己内心的声音，而我就是在这里找到了人生的方向。工作之余的时光，我读书、写字、散步、听镇里的老人讲故事，日子过得悠然且充实，知足而愉悦。

我慢悠悠地穿梭在古镇的大街小巷，独自享受着这个美好的清晨，早已经忘记了此行的目的。古镇总是有它独特的魔力，让我趋于一种平静。这些年来，无论是悲是喜，我都习惯了来这里走走，算是一种无言的交流。它所经历的繁华、颓败、重生告诉我，世间的一切终究会成为过去和回忆，无须太过执着。

说起古镇总能让我滔滔不绝。篇幅所限，那就以随手的日记作为结束语吧。

清晨起床，侧卧看书，眼睛酸涩，打开窗户，寒风而至，目力所及，白茫茫的一片，煞是好看。顿时兴起，和月踏雪爬山。雪后的清晨，小镇一片寂寥，安静至极。每走一步，都会发出咯吱的声响，听着自己脚步的声音，有一种欢喜雀跃的感觉。这般美景，这般享受，此刻沉睡的人是感受不到的，我庆幸我是早起的那个人。穿过一条蜿蜒的小径，来到兴武山的脚下，我止步仰望，雪中的它像是披了一件圣洁的白纱，高贵而典雅。望着雪白的阶梯，不忍踏步，如此圣洁之境，生怕我这浊物惊扰了它的静谧。最后还是决定爬上山顶，于是紧靠阶梯一侧，小心翼翼拾级而上。也许是兴致使然，竟不觉疲累，一口气爬到了顶端。站在高处，小镇尽收眼底，目光所及更为广阔，真可谓登高望远，人生智慧。忽然一阵寒风吹过，顿觉高处不胜寒。不觉间，阳光已洒满大地。

在阳光的照耀下，远远望去，道路如水晶般晶莹剔透，闪闪发光。

此刻的小镇，少了一点寂寥，多了一番人间烟火。雪白的世界，

秃尾河　刘朋玉 / 摄

几缕炊烟，若心无旁骛，便是世外桃源。

2015 年 2 月 28 日于高家堡

立于府州古城，别有一番感受萦绕心头，古与今、山与川、黄河与长城、秦与晋、农与牧，当这所有的一切相互交融，集中呈现时，除了无声的赞叹与感动，还有溢于言表的豪情充斥于怀。

一座活着的人文古城

一

与府谷结缘于多年前的一部关于杨家将的电视剧，剧中杨门女将的英勇果敢在我的记忆簿上留下重重的一笔，其中对佘太君文韬武略，巾帼不让须眉的气度印象尤为深刻。在麟、府二州（麟州，今神木市；府州，今府谷县）一直有关于杨业与折赛花（佘太君闺名）定情于府谷孤山七星庙的说法，而我第一次府谷之行就是为了寻找七星庙。不曾想，计划中的七星庙被抛诸脑后，而府州古城却被我走了个遍。

我是一个特别相信缘分的人，我通常把这种意料之外的情形，不论是人或事，统称为“天注定”。与府州古城的相遇便是我心目中“天注定”的情形之一，所以，我很珍视。那次回去之后，我搜罗并阅读了大量关于府谷的文献资料，深感其文化底蕴，并多次前往府谷，实地体会其文化内涵。

新近，偶然得了一本由谭玉山先生编著的《府谷文物古迹》，可谓如获至宝。翻阅之后，发现其内容之丰富翔实，令人惊叹。透过书中的每一行文字、每一张图片，我都能体会到作者的用心与成书的艰辛。合上书卷，猛然发现距上次府谷之行已有一年之久。突然，一种强烈的想念席卷了全身，满脑子都是曾经漫游府州古城时的画面，于是，我快速做了一个决定：再来一次府谷行。

二

当车子驶入府谷市区，我感到一丝莫名的紧张与兴奋，像是恋爱初期与恋人约会时的感觉。窗外，一面是府谷新区，高楼林立，散发着浓郁的现代化都市气息，一面是滚滚流淌的黄河水，一路凯歌，奔腾而去。我凭借往昔的记忆，顺利抵达府州古城。当车子穿过北门进入古城，一种久违的熟悉感令人倍感亲切。古城北门古有吊桥与对面相连，至今，也是车子能够进入古城的唯一通道。

我拉着陪我同行的友人，快速穿过街巷，见他疑惑的表情，我告诉他跟着我走，一会儿能看到一幅壮美的图画。很快，我们就来到南部的城墙边，没等我向他介绍，他便发出连连赞叹："你不觉得这里太美了吗？黄河在脚下流过的感觉棒极了……"我知道他只是自说自话，不需要我的应答。以前来到府州古城，总习惯于第一时间站在城墙边，望一望脚下川流不息的黄河水和对岸山西省的保德县城，那种一切尽收眼底的感觉好极了。我曾攀爬过一座座高山，站于峰巅一次次俯视周边，也曾因为看到大好的山河美景而感动地流下眼泪。可站于府州古城，却别有一番感受萦绕心头，古与今、山与川、黄河与长城、秦与晋、农与牧，当这所有的一切相互交融，集中呈现时，除了无声的赞叹与感动，还有溢于言表的豪情充斥于怀。此刻，诗歌中"啊"的感叹绝不是无病呻吟，而是内心对于眼前的景致所发出的滚烫的呼喊。

府州古城建于山顶，东西两侧深沟陡崖，南边是黄河，北方也是沟壑，古时有吊桥与对面相连，可谓地势险要、易守难攻。虽然是盛夏，可习习凉风将刚刚赶路时流出的汗水，吹得没了踪迹，整个人感觉神清气爽。友人在变换着各种角度拍摄照片，而我吹着惬意的凉风，抚摸着厚重的城墙，凝视着流淌的黄河水，脑海中风起云涌。

府州古城位于秦、晋、内蒙古三省区接壤地带，自古即为

府州古城　尚志强 / 摄

兵家必争之地。北宋时期的府州，东临黄河，西北分别与西夏、辽接壤，用韩二林老师的话说，“府州像是一个楔子处于三个政权的交汇点”。特殊的地理区位，让这座古城和当时居住于此的人们饱受战火的摧残。或许也正是因为战火的洗礼，古城中的将士百姓愈加英勇强大，加之天堑般的地理位置，古城更是坚不可摧。提及杨家将可谓是家喻户晓，但对于折家军却知者甚少，很多人知道的是杨家将中巾帼女将折赛花，却不知折家当时的威名并不亚于杨家，正是折氏家族培养出了折赛花这样的女中豪杰。折氏家族在府州起于唐朝，兴于五代，盛于北宋，衰于南宋，从折嗣伦、折从阮父子经营麟府算起，到折可求降金，折家在长达200多年的历史中相继有7代14人镇守府州。我迎风而立，闭上眼睛，仿佛看到在北宋庆历二年（公元1042年）夏秋之际，府州城被西夏李元昊率领的十万大军重重包围，城中军民惶恐不安。刺史折继闵动员城内民众与六千子弟兵同心同德，誓死保卫府州；也仿佛听到他在动员会上分析敌我形势：敌人最大的优势是人众，但长途跋涉不易久战，而府州天堑易守难攻，但我们人数处于劣势。他告知军民，西夏与府州世代为仇，一旦被攻破，屠城将不可避免，唯一的出路就是誓死捍卫城池，以护万民，只要坚持，就一定能够胜利。在他的鼓励下，军民不分男女老少，个个精神百倍，斗志昂扬。最终西夏军以失败告终，府州保卫战取得胜利，并受到北宋朝廷的嘉奖。记得几年前我在府谷街头做过一个简单的口头调查，发现今天很多的府谷人并不知晓折家200多年来保家卫国的历史。为此，我深感难过。

由于最近处于汛期，河水较往日要大得多，我看到同行的友人正对着脚下滚滚的黄河水发呆。我轻轻走到他的身边，他竟没有察觉，不知他是否像我一样也在遥想昔日的折家军与府州城。他突然说："站在这里望一眼，就不虚此行。"说话的时候他一直注视着河水或者对岸，所以我不知道他是自语还是对我所言。

三

接着，我们来到一处古建筑群的门口，这是一座始建于明代洪武年间的文庙，迄今已有600多年的历史。第一次来到这里，我惊讶于它竟保存得如此完好，因为近年来的家乡漫游，我知道在榆林地区没有比它保存更好的了。当时我很是疑惑，在“文化大革命”时期，大搞“批林批孔”运动，很多孔庙建筑及文物遭到毁灭性的破坏，为何府州古城中的文庙得以保留。后来才知道，这得益于府谷民众共同的守护，他们自古尊孔重文。就在刚刚第一进院落的大门两侧张榜公布着今年高考学子的成绩和录取院校，当然，我认为这是一种具有仪式感的告慰。曾听讲解员说起过，这里每年都有大型的祭祀活动，在中高考前，那些学子在家人的陪同下前来祭拜孔子，以求考学顺利，学校也组织全体学生在这里召开动员大会。有人认为此举是一种繁文缛节，但我却觉得在这个随意的时代，需要一种仪式感的存在，这也是府谷民众尊重文化的体现。

整座文庙从南至北共四进院落，和全国各地的文庙基本一致。多数文庙的基本组成部分有“德配天地”“道冠古今”牌楼、万仞宫墙、泮池、棂星门、大成门、大成殿、明伦堂等。其实，当我进入文庙的那一瞬间，内心世界就有了一种神奇的变化——异常的谦卑。我恭敬地打量着目光所及的所有事物，我在想那些前来祭拜的学子，是否也和我有同样的心境。当我走过状元桥时，步伐明显不同于平日那般随意，跨入棂星门时，更觉自己的小心翼翼。古代祭天，先要祭棂星，文庙设棂星门，象征祭孔如尊天。

在这里，我必须要申明一下，我绝对不是一个迷信的人，总觉得我如此这般表现，是发自内心的尊崇与庄严。

再往前行，便是大成殿，它坐落于露台之上，为砖木结构，屋顶是中国古建筑屋顶样式之一的九级歇山式，这种歇山式的建筑在视觉上给人以棱角分明、结构清晰、高大凝重之感。大成殿是文庙的主体建筑，殿内正中供奉的是孔子，两旁为“四配”“十二哲”。提及孔子，相信每个中国人都不陌生，作为儒家学派创始人，他的思想影响了中国 2000 多年，至今生命力强大。其实，儒家有一个重视编修历史的悠久传统，孔子编修的《春秋》，不单纯记载史料，还通过遣词用字的方法将自己的思想贯通其中，谓之“微言大义”。由于历代儒家学者的努力，中国的编年史从公元前 841 年开始直到今天，从未中断过。

城门一角

孔子之谓集大成，集大成者，金声而玉振之也。

这是出自《孟子·万章下》中孟子对孔子的评价，可谓达到了赞誉的极致。

因为对古建筑的喜爱，又遥想了孔子与儒家，我们在大成殿逗留了较长的时间。我发现偶尔来拜拜圣哲，会激发人求知、学习的动力，这种力量会和我们身体里的血液融为一体，成为我们生命的重要组成部分。

四

这一次，像从前一样，我们几乎走遍了府州古城的角角落落。当我们进入瓮城时，同行的友人突然给我讲起了《水浒传》，他说在电视剧中有一个场景，就是攻打方腊时，时迁率兵误入瓮城，不幸全军覆没。好友的讲述，不由得让我想起昔日府州军民英勇战斗的场景，眼前因岁月而塌落的那段墙体异常的沧桑，仿佛在向我们诉说着它曾经历的那些苦难岁月，我在想这些城墙之上是不是还残留着鲜血。

当我们来到大南门下的荣河书院时，好友在门口望了一眼，便打算离开，因为他看到的是已经被毁的下院，当我告诉他还有两个完整的院落时，他抢先走到了我的前面。出了中院和上院，他深深地感慨："若我能住在这样的院子里，甘愿琴棋书画了此一生。"在这样的环境里学习，的确是一种享受。背靠城墙，俯瞰黄河，我不懂风水学，但我知道这样的地点可以获得充分的阳光照射，还可以遮蔽寒冷的北风。友人干脆坐在台阶上，开始闭目养神，我从他的神情猜测，此刻的他正在做着一个梦——在这个院落里过着一书一茶一下午的理想人生。

除了府州古城，那天我们还去了一个私人博物馆——荣河博物馆。宏大且婉约的园林式建筑体现出馆主非凡的审美，这在陕北地区极为罕见。由于物件太多，我没有办法一一记得，但那种进门就震撼的感觉，至今难忘，丰富的馆藏让人瞠目。馆藏品包括石器、陶器、瓷器、青铜器、精品手工床、玉器六大类，时间跨度从新石器时代、夏、商、周到秦、汉、唐、宋、元、明、清，较为全面地展示了府谷及周边地区的历史风貌。据讲解员说，博物馆的建筑面积达 12800 平方米，展出面积约 7800 平方米。我对馆主充满了好奇之心，到底是一个什么样的人，竟有如此大手笔。可惜，馆主正好外出，无缘相见。不论怎么样，一个如此为文化投入的人，我想一定差不了。博物馆以公益的形式免费对所有人开放，他们希望更多的人走进博物馆，透过博物馆的展陈，更加深刻地了解这座古老而又欣欣向荣的小城。同行的友人万分感慨："一直以来，我以为府谷只有煤，没想到这里的文化如此厚重辉煌，我想我还会再来。”

从古代的文庙、荣河书院到现在的荣河博物馆、各种文化社团及学生祭孔，他们传承演绎着地域文化。我在想，是什么原因让今天的府谷人具有如此之高的文化自觉？特殊的地理区位，使他们曾经受尽了战争带来的苦难，同时，也让他们懂得了生活的不易，学会了从容面对一切。如今，在这个和平的时代，他们更能懂得感恩，更能深刻理解战争可以摧毁一座城，人也终会死去，唯有文化可以永存的道理。记得在古城巷中和一位老先生聊起府谷的民间文化艺术，他说：“安居乐业才能搞文化，你们这些娃娃赶上了好时候，要感恩呢。”人们总说上天是公平的，的确，古时的府谷饱受战火摧残，今日的府谷因富有的煤矿资源，跃入全国的百强县，老百姓过上了富裕的生活。民间文化的繁荣透露出当地的民生状态，传承文化是生命最高等级的表现。

离开时，府谷的朋友让我一定要再去，或许这只是客套话，但我已经当真了。

此行就是为了寻找英雄的爱情圣地，无关乎它是庙宇还是废墟，只为心中那个单纯的念想。

情定七星庙

上次寻找七星庙，只因在府州古城逗留的时间太久，结果未能实现。这次，到达府谷之后直奔七星庙。当我们行驶在孤山蜿蜒曲折的山路上时，我有一种梦想成真的欣喜。车子穿过孤山堡残破的瓮城，透过车窗，我看到那斑驳的墙体上残留着岁月的痕迹，仿佛在诉说着他历经的风雨。当我的思想还停留在那座瓮城上时，我的身体已经被快速行驶的车子带到了心心念念的七星庙前，我经常自嘲，我迟钝的思想总是赶不及现代化的交通工具。

说实话，这是我第一次来到七星庙，但感觉似曾相识，是因为曾看到的一张照片还是别的什么原因，我说不清楚。从外观看，七星庙与北方普通庙宇的建筑风格并无太大区别，始建年代也不详，据陪同我们的当地朋友讲，现在的七星庙是明万历年间重修

七星庙

之后的样子，建筑规模较之前大为缩减。或许是因为此行正好处于大暑期间，艳阳当空，心绪也有一点懒散，我们没有在外面逗留太久。

当我们踏上台阶将要进入前厅时，友人突然问我为什么会来七星庙。我怔了一下，是啊，我为什么来这里？突然想起第一次的府谷之行，就是为了寻找七星庙。杨家将中杨门女将的英勇果敢给我留下了难以磨灭的印象，尤其是佘太君巾帼不让须眉的气度尤为深刻。而杨业与折赛花定情于七星庙的美丽传说，更是深深地吸引着我。此行就是为了寻找英雄的爱情圣地，无关乎它是庙宇还是废墟，只为心中那个单纯的念想。

不知是因为门庭内的阴凉还是清晰了自己内心的想法，刚刚的燥热与慵懒统统消失了，我怀着极高的热情开始接下来的参观。

门庭内两侧竖立着庙宇中经常看到的那种塑像。其实，我一直觉得庙宇中那些神的模样和那种奇怪的表情令人害怕。记得小时候，表妹只要一进庙门看到神像就害怕得哇哇大哭，等她稍大一点之后告诉我，那些神像张牙舞爪像魔鬼，直到现在已为人母的她依然很排斥这些地方。

七星庙

穿过前厅，我们来到大殿院中，我迫不及待地想进去寻找杨业与折赛花的定情之所。可是，大家都在听朋友介绍七星庙的由来，我也只能少安毋躁。之前听到七星庙的名字时，我便猜测与北斗七星有关，事实的确如此。据传，在唐朝初年，李世民派遣一位张姓将军攻打突厥。当张将军率领大军行至孤山一带时，迷失了方向，当时天色已晚，张将军非常着急，因为军情如火，万一贻误了战机，回朝之日便是杀头之时。他的内心充满了焦虑与绝望，仰头叹息命运的无常。就在这时，他看到天上北斗七星异常明亮，他认为，这也许是老天在为他指明行军的方向。于是，张将军立刻下马跪地拜谢，并发誓如果此战得胜归来，必让北斗七星享受世人供奉。果然，顺着北斗七星指示的方向，张将军率领大军及时赶到战场，最终击溃了突厥军队。凯旋后他遵守了当日的承诺，立庙堂、塑金身，恭恭敬敬地对北斗七星进行祭拜。

听到朋友讲完七星庙的由来，我第一个进入庙堂，里面光线较弱，但是能看清那几尊神像的容貌。我环顾四周，想象着当日杨业与折赛花初见时的情形，情不自禁地退到一个角落里，我感觉自己像是一个偷窥者，正在看一幕戏。只见一个英气逼人、将军模样的少年仓皇地进入庙中，好像在躲避着什么，这时听到外面传来一个女子的声音，少年略显惊慌，他迅速藏于门后的一侧，我想他是等待机会将来人出其不意地伏击。果然，见一女子进了庙门，少年乘其不备将其扑倒在地。这时，庙中高高在上的七位大仙哈哈大笑了起来，这笑声惹怒了女子，女子恼怒地大声说："你等休要笑我，小心我把你们变成我的七个儿子！"其实倒地的双方早知对方的威名，今日不打不相识，此时，他们四目相对，暗生情愫，于是在此私订终身。少年便是杨业，女子为折赛花，这就是广为流传的"情定七星庙"。有意思的是折赛花后来果然生了七个儿子，也就是众所周知的杨家将，民间有言，“没有七星庙，哪来杨家将”。直到现在，经常会有一些情侣来到七星庙，寻找昔日杨业与折赛花的爱情足迹，而七星庙也成了很多人心目中的爱情圣地。

刚刚我沉湎于杨业与折赛花的爱情故事里，在朋友的提示下，我再次认真打量了这间庙宇，结构很是奇特，整座大殿无梁无柱，砖石砌成。自下而上，大约 2 米处是一个分界线，以下四周直立，以上八面收缩，最后一砖盖顶。换句话说，该庙宇外部屋顶为九脊歇山式，内部屋顶类似于蒙古包的样子。由于此间大殿没有梁柱，当地百姓俗称“无梁殿”。同时，我惊讶地发现，大殿上部砖石的形状如同元宝，我不知这是何故，当地的朋友也不清楚，我只能自己胡乱猜测，这也许是将人的思想强加到神的世界里，能够让人理解的世俗化的一种表现。这里古时为国之边境，在不同的历史时期，与匈奴、蒙古等北方少数民族时战时合、交融并存。传说中的七星庙建于唐代，而唐代正好是我国民族关系空前繁盛的时期，换言之，七星庙就是游牧文化与农耕文化融合的产物。七星庙奇特的建筑风格，或许代表的就是这一地区人们企盼和平的愿景。

对了，七星庙至今没有通电，如果想来七星庙一定要带上一只手电，可以细细观察殿内别致的建筑特色。

我没有办法走到天荒地老

但会一直走到自己生命的尽头

……